수상한 유튜버,
호기심을 팝니다

수상한 유튜버, 호기심을 팝니다

청소년 성장소설 십대들의 힐링캠프, 인권(혐오)

[십대들의 힐링캠프®] 시리즈 **NO.25**

지은이 ǀ 박기복
발행인 ǀ 김경아

2020년 8월 31일 1판 1쇄 발행
2021년 7월 17일 1판 2쇄 발행(총 3,000부 발행)

이 책을 만든 사람들
책임 기획 ǀ 김경아
기획 ǀ 김효정
북 디자인 ǀ KHJ북디자인
교정 교열 ǀ 좋은글
경영 지원 ǀ 홍종남
표지 삽화 ǀ 정지란
제목 ǀ 구산책이름연구소

이 책을 함께 만든 사람들
종이 ǀ 제이피씨 정동수 · 정충엽
제작 및 인쇄 ǀ 천일문화사 유재상

펴낸곳 ǀ 행복한나무
출판등록 ǀ 2007년 3월 7일. 제 2007-5호
주소 ǀ 경기도 남양주시 도농로 34, 부영e그린타운 301동 301호(다산동)
전화 ǀ 02) 322-3856 팩스 ǀ 02) 322-3857
홈페이지 ǀ www.ihappytree.com
도서 문의(출판사 e-mail) ǀ e21chope@daum.net
내용 문의(지은이 e-mail) ǀ yesreading@gmail.com
※ 이 책을 읽다가 궁금한 점이 있을 때는 지은이 e-mail을 이용해 주세요.

ⓒ 박기복, 2020
ISBN 979-11-88758-24-1
"행복한나무" 도서번호 : 125

수상한 유튜버,
호기심을 팝니다

| 박기복 지음 |

청소년 성장소설 인권 시리즈를 펴내며

"불공평해요."

"공정하지 않아요."

청소년들이 선생님에 대한 불평을 늘어놓을 때면 빠지지 않고 뒤따라 오는 말입니다. 이런 말만 들어 보면 평등, 공평, 공정은 어른 사회뿐 아니라 청소년들 사이에서도 중요한 가치관으로 자리잡은 듯합니다. 인권과 관련한 말이 청소년 사이에서 늘었다는 것은 그만큼 청소년들의 인권의식이 높아졌다는 의미로 보입니다. 그런데 청소년들의 인권의식이 높아졌다면 혐오 현상은 줄어들어야 마땅한데 이상하게도 학생들 사이에서는 남을 깔보고 편견이 가득담긴 언어와 행위가 줄어들기는커녕 더 넘쳐납니다. 인권의식을 담은 말은 넘쳐나는데 차별 행위도 증가하는 기묘한 현상이 청소년들 사이에서 벌어지고 있습니다. 물론 이는 청소년 사회뿐 아니라 어른 사회에서도 마찬가지입니다. 도대체 왜 이런 모순된 상황이 벌어지는 걸까요?

〈10대들의 힐링캠프 : 청소년 성장소설 인권 시리즈〉는 이 질문에 대한 답을 찾기 위한 박기복 작가의 고민에서 탄생했습니다. 〈청소년 성장소설 인권 시리즈〉는 평등, 혐오, 자유, 나눔, 난민이라는 다섯 가지 인권 의식을 다룹니다. 실제 청소년들이 현실에서 겪는 사건과 생각들을 바탕으로 다섯 가지 인권의식에 담긴 참뜻이 무엇인지 함께 고민할 기회를 제공합니다.

결론부터 이야기하면 박기복 작가는 〈청소년 성장소설 인권 시리즈〉를 통해 인권의식 확산과 차별의식 증가라는 모순이 벌어지는 원인을 '나(또는 내가 속한 집단으로서 우리)에 대한 인권의식'과 '타인(또는 타인이 속한 집단으로서 타자)에 대한 인권의식' 사이의 괴리 때문이라고 밝힙니다. 나와 타인의 권리에 대한 인식의 괴리는 다섯 편 시리즈 전체를 관통하며 생생한 이야기로 전개됩니다.

〈10대들의 힐링캠프 : 청소년 성장소설 인권 시리즈〉는 총 5권입니다. 1권은 수행평가를 둘러싼 불만을 바탕으로 '평등'의 진정한 의미를 고민하고, 2권은 유튜브와 인정 욕구가 맞물려서 벌어지는 사건을 바탕으로 '혐오'를 다루며, 3권은 학생자치법정을 무대로 자치와 책임의 의미를 '자유'의 영역에서 탐색하며, 4권은 연민과 동정이 아니라 연대와 정의라는 '나눔'의 참 뜻을 함께 나누고, 5권은 어려움에 처한 이웃을 대하는 태도로서 '난민' 이야기를 풀어냅니다. 각 소설은 독립된 이야기면서 동시에 서로 이어진 이야기이기도 합니다.

〈10대들의 힐링캠프 : 청소년 성장소설 인권 시리즈〉를 통해 청소년들이 참된 인권은 내가 누리는 권리이면서 동시에 책임이라는 점을 배우기 바랍니다. 이를 통해 우리 사회의 인권의식이 한 단계 성숙해지는 밑거름이 되고, 청소년들의 인권과 행복한 삶에 한 줌이라도 보탬이 되길 소망합니다.

행복한나무 대표 **김경아**

차 례

1부

메마른 교실

사이 글

2부
불타는 교실

• 소설 서술자

이태경 _ 급식을 좋아하고 농담을 즐기며 나름 정의감이 있는 남학생.

박채원 _ 자연과학부에서 활동하며 생각이 깊은 여학생.

안재성 _ 속생각은 나름 깊지만 행동은 마음과 달리 막무가내로 하는 남학생.

이진아 _ 학교 생활을 무서워하여 늘 눈치를 살피며 지내는 여학생.

신보라 _ 체육을 못하면서도 주목받고 싶어서 체육부 차장이 된 여학생.

신규민 _ 삶이 심심하다며 스무 살이 되면 사라지겠다는 허무주의자.

> ↳ 이 소설은 핵심인물들의 교차서술 방식으로 전개됩니다.
> 소설 서술자에 유의하며 읽기 바랍니다.

• 소설 중요인물

김진태 _ 새로운 전학생으로 오자마자 관종짓을 일삼는 남학생.

한영자 _ 수학마녀로 불릴 만큼 학생들이 싫어하는 수학 선생님.

임현석 _ 이선혜를 빼고 거의 모든 여성을 싫어하는 여성혐오주의자.

박준형 _ 운동선수 못지않게 운동을 잘하는 2학년 2반 체육부장.

이종명 _ 뒤늦게 전학온 남학생으로 김진태와 맞수.

• 소설 기타 인물

박시우 _ 늘품중학교 2학년 2반 담임.

강정아 _ 남자를 싫어하고 스스로 페미니스트라 칭하는 여학생.

이선혜 _ 여성혐오주의자인 임현석도 인정할 만큼 착한 여학생.

최유빈 _ 공부 시간이든 쉬는 시간이든 늘 그림을 그리는 여학생.

진하영 _ 이진아와 절친한 친구.

정미주 _ 진하영, 이진아, 신보라 등과 같이 어울리는 여학생.

김의찬 _ 2학년 2반 학급 반장인 남학생.

권우현 _ 이태경 절친으로 컴퓨터과학부 소속이며 인권의식이 뛰어난 남학생.

이예나 _ 신체 능력이 뛰어나며 인간관계가 넓은 여학생/부반장.

유정린 _ 2학년 2반에서 가장 공부를 잘하는 여학생.

임나은 _ 컴퓨터과학부 소속으로 박채원, 이예나와 절친인 여학생.

이용주/박상윤 _ 학교 일진들과 어울리는 남학생들.

> 참고 : 이 소설은 〈10대들의 힐링캠프 : 청소년 성장소설 인권 시리즈〉 1편인
> 『수상한 학교, 평등을 팝니다』 소설과 배경 설정이 동일합니다.

The pen(word) is mightier than the sword.

붓이 칼보다 강하다고 말하는 문필가는 많습니다.
하지만 그들 중 적지 않은 이들이
붓으로 이루어진 범죄가 칼로 이루어진 범죄보다
더 큰 처벌을 받아야 한다고 말하면 억울해합니다.
붓이 정녕 칼보다 강하다면
그 책임도 더 무거워야 합니다.

『피를 마시는 새』_이영도

1부

메마른 교실

교실에는
메마른 풀이 가득했다.
활활 타오를 준비를 마친 교실은
노을빛을 부러워하며
작은 불씨만 기다렸다.

1

관종은 어떻게 사는가?

: 이태경 :

이상한 녀석이 전학을 왔다.

처음 내뱉은 말부터 어처구니가 없었다.

"이거 비싼 거야."

뜬금없이 볼펜을 꺼내더니 흔들어 댔다.

"나랑 친하게 지내면 쓰게 해 줄게."

얼핏 보기에도 꽤나 비싸 보이긴 했지만, 볼펜 한번 써보겠다고 친구가 되려는 사람이 누가 있겠는가? 담임 선생님이 꽤나 엄격하기에 다들 욕을 하지는 않지만 싸늘한 경멸을 가득 담아 전학생을 주시했다.

"친해지면 간식도 많이 사 줄게. 나 용돈 많아."

우리를 아주 거지로 아는 모양이었다. 첫인상을 더럽게 만드는 데 꽤나 뛰어난 재주를 갖춘 전학생이었다.

"최유빈 옆자리 비었지?"

전학생이 이상한 짓을 하든 말든 고개를 처박고 그림 그리기에 몰두하던 최유빈은 선생님 질문에 "네!" 하고 무미건조하게 대답했다.

전학생은 볼펜을 움켜쥐고 성큼성큼 최유빈 쪽으로 걸어갔다. 모든 시선이 전학생을 따라 움직였다. 따라가고 싶지 않았지만 어쩔 수 없이 시선이 모아졌다.

"나이스투미츠유!"

전학생은 자리에 앉으면서 발음도 엉터리인 영어로 최유빈에게 말을 걸며 손을 내밀었다. 최유빈은 흘깃 전학생을 보고는 그림을 그리는 종이로 시선을 옮겨 버렸다. 평소에 아무와도 이야기를 나누지 않고, 끊임없이 그림만 그리며 표정 변화도 없는 최유빈다운 반응이었다.

전학 온 첫날에 짝꿍이 최유빈 같은 반응을 보이면 대개 무안해하기 마련인데, 전학생은 작은 머뭇거림조차 없었다.

"손도 못 잡고, 쑥스럽냐?"

그러고는 내밀었던 손으로 최유빈 팔뚝을 툭툭 쳤다.

최유빈은 황당해하며 전학생을 쳐다봤다. 웬만한 상황에서는 멈추지 않던 손놀림도 멈추었다.

"오! 반가운 표정 좋아!"

황당함이 극에 달한 최유빈은 더러운 벌레라도 본 듯이 표정을 일그러뜨리더니 몸을 통로 쪽으로 바짝 옮겼다. 전학생에게서 최대한 몸을 멀리하려는 몸짓이었다.

바로 그다음, 전학생은 미친 짓에 화룡점정을 찍는 말을 내뱉었다.

"설레는구나! 그러면 안 돼!"

마치 드라마 속 남주인공이 여주인공에게 건네는 듯한 말투였다.

"혹시라도 이 김진태 님이 마음에 있어도 고백은 사양할게."

그 말에 최유빈은 통로 쪽으로 넘어질 뻔했다.

"저 새끼 뭐냐?"

우리 반에서 가장 막 나가는 임현석조차 김진태가 하는 짓을 보며 어처구니없어 할 정도이니 다른 친구들은 어떻겠는가?

"김진태, 장난 그만 치고 수업 준비해."

담임 선생님은 김진태가 하는 짓이 장난이라고 여기는 모양이었다. 그러나 김진태가 한 말과 행동은 누가 봐도 장난이 아니라 미친 짓이었다.

"넵! 명령 받들겠습니다."

김진태는 말투뿐 아니라 손동작도 군인 흉내를 냈다.

내가 장난을 많이 쳐 봐서 아는데, 김진태가 하는 짓은 장난 수준이 아니었다. 아무래도 반 분위기를 장난 아니게 흐릴 듯했다. 내 추측은 곧바로 현실이 되었다.

김진태는 앞을 보며 수업 준비를 하는 듯하더니 또다시 최유빈 쪽을 향해 고개를 돌렸다. 그러고는 최유빈이 그리는 그림을 유심히 바라봤다. 웬만해서는 다른 사람 시선에 아랑곳하지 않는 최유빈이었지만 김진태는 거슬리는지 몸을 틀어서 자신이 그리는 그림을 가려 버렸다. 그러자 김진태는 목을 쭉 빼며 최유빈에게 더 가까이 다가갔다. 김진태 턱이 최유빈 팔에 닿을 듯이 가까워졌다. 최유빈이 어쩔 줄 모르며 인상을 찌푸리는 게 보였다. 최유빈이 아니라 나라도 기분이 더럽게 느낄 만한 몹쓸 짓이었다.

"뭘 그렇게 열심히 그려?"

최유빈은 몸을 웅크리더니 그림을 그리던 공책을 덮어 버렸다. 그러고는 몸을 최대한 통로 쪽으로 틀었다. 그러자 김진태가 최유빈 등을 오른손 검지로 콕콕 찔렀다. 최유빈은 얼굴을 찌푸리며 고개를 슬쩍 돌렸는데 김진태는 검지를 최유빈이 고개를 돌리는 위치에 놓았다가 최유빈 얼굴을 푹 찔렀다. 최유빈은 화들짝 놀라며 몸부림을 쳤고 통로로 넘어지고 말았다. 때마침 담임 선생님은 나가고 없고, 1교시 수업할 선생님은 들어오지 않은 상황이었기에 어수선하던 교실은 몹시 시끄러워졌다.

"야, 이 관종 새끼야! 그만 안 해!"

강정아였다.

강정아는 성큼성큼 걸어서 최유빈이 자리에 앉게 도와주더니 사나운 기세로 김진태를 노려봤다.

"왜, 너도 내가 손가락으로 찔러 줄까?"

그러면서 강정아 볼을 찌를 듯이 손가락을 놀렸다. 기겁할 짓이었다. 반 전체가 팽팽한 긴장감에 빠져들었다. 우리 학교에서 그 어떤 남학생도 강정아에게 저런 미친 짓을 한 적은 없었다. 맨날 강정아와 원수처럼 싸우는 임현석조차 욕설을 주고받기는 해도 저런 짓은 하지 않았다.

"이 관종 새끼가 정말!"

"그래! 나 관종인데, 뭘 어쩌라고?"

김진태는 의자에서 일어나며 거칠게 대들었다. 상대가 막무가내로 나오니 강정아조차 어찌할 바를 몰랐다.

그때였다.

"그만해라!"

박준형이 억세게 김진태 뒷덜미를 움켜쥐었다.

박준형은 우리 반 체육부장으로 우리 학교에서 운동을 가장 잘한다. 못하는 운동이 거의 없고, 축구는 거의 선수급이다. 키도 꽤 크고 힘도 세고 순발력도 뛰어나다. 그래서 맨날 센 척하며 일진놀이하는 무리도 박준형은 건드리지 않는다. 노는 애들도 한 수 접어 주는 박준형이지만, 자기 힘을 앞세워 누구를 핍박하거나 힘으로 문제를 해결하려고 나선 적은 단 한 번도 없었다. 그런 박준형이 처음으로 힘을 쓰고 나선 것이다.

"뭐냐?"

김진태는 뒷덜미를 잡힌 채 고개만 돌려 박준형을 째려봤다.

"그만하라고."

박준형이 낮지만 단호하게 말했다.

"네가 뭔데……."

김진태가 몸을 틀며 박준형에게 대들려고 했다. 그러자 박준형이 힘을 주어 김진태 뒷덜미를 내리눌렀다. 김진태는 그 힘에 눌려 자리에 털썩 주저앉았다. 박준형은 더 강한 힘을 주었고, 김진태 얼굴은 책상에 반쯤 눌렸다. 김진태는 벗어나려고 몸부림을 쳤지만 팔만 버둥거릴 뿐 제대로 저항하지 못했다.

"네가 관종인 건 알겠는데, 관종짓도 적당히 해."

김진태는 아무런 대꾸도 안 했다.

"대답 안 하냐?"

박준형이 강하게 다그쳤다.

"응, 아, 알았어."

그제야 박준형은 김진태 뒷덜미를 풀어 주었다.

김진태는 목을 세차게 흔들더니 고개를 반쯤 들었다. 그 순간 나는 내 눈을 의심했다. 보통 저런 일을 당하면 굴욕감에 얼굴이 붉으락푸르락해져도 모자란데, 김진태는 눈을 살짝 찡그리기는 했으나 입은 빙그레 웃고 있었다. 모든 시선이 자신에게 향하는 상황을 즐기는 듯했다. 이런 굴욕을 당해도 관심을 받으면 자랑스러운 걸까? 관종이란 말을 쓰기는 했지만 진짜 관종은 본 적이 없었는데, 김진태는 관종이란 별칭에 딱 어울리는 놈이었다.

최유빈이 눈치를 살피며 괜히 옷매무새를 만지고, 박준형과 강정아가 각자 자리로 돌아갈 때 교실 앞문이 열리며 1교시 수학 선생님이 들어왔다. 처음 보는 선생님이었다. 매서운 눈매와 꾹 다문 입술이 거리감이 들게 했다. 첫인상이 별로 좋지 않았다. 딱 봐도 재미없는 수업이 될 게 분명해 보였다. 안 그래도 지루한 수학 수업이 더 지루할 듯했다.

내 예상대로 수학 선생님은 자기 이름을 칠판에 쓰자마자 지루한 연설을 늘어놓았다. 흔하디 흔한 말을 마치 자기만 아는 지혜인 양 늘어놓으니 지겨웠다. 지난밤에 충분히 잤음에도 졸음이 쏟아졌다. 수학을 가르치기보다는 불면증 치료 전문가를 하면 딱 좋을 선생님이었다. 졸음과 사투를 벌이는데 갑자기 잠이 확 깨는 목소리가 들렸다.

"아름다운 한영사 선생님!"

또다시 김진태였다.

"넌, 뭐니?"

또다시 김진태에게 시선이 모아졌다.

"전 김진태라고 합니다. 오늘 전학 온."

"그래, 김진태. 왜? 질문 있니?"

"네! 질문 있습니다."

"그래, 질문이 뭐야?"

한영자 선생님은 생김새에 전혀 어울리지 않는 웃음을 지었다.

"똥이 마려운데 화장실에 다녀와도 됩니까?"

잠깐 정적이 흘렀다.

일순간에 한영자 선생님 얼굴에서 웃음기가 사라졌다. 약간 짜증 난 듯한 얼굴에 매서운 눈빛이 김진태를 향했다.

"교실에서 쌀 수는 없지 않습니까?"

몇몇이 키득거렸지만 곧 잦아들었다. 여느 때 같으면 큰 웃음이 터질만한 소재였지만 아침에 김진태가 벌인 관종짓이 편하게 웃지 못하게 만들었다.

"이 반은 원래 이 모양이니?"

한영자 선생님 입에서 나온 말이 거슬렸다. 방금 전학 온 관종 한 놈 때문에 반 전체가 쓰레기 취급을 당해서 짜증나기도 했지만, 한 명이 벌인 짓으로 모두를 못되게 취급하는 성급한 판단이 마음에 들지 않았다. 차라리 지루한 연설을 늘어놓을 때가 그나마 나았다. 학생을 저렇게 함부로 취급하는 선생님은 딱 질색이다.

"급똥인데……."

김진태가 다리를 배배 꼬았다.

한영자 선생님 왼쪽 눈이 파르르 떨렸다.

"빨리 갔다 와."

한영자 선생님이 마지못해 허락했다.

"감사합니다!"

김진태는 고개를 꾸벅 숙이며 절을 하더니 잰걸음으로 교실 문을 빠져나갔다. 진짜 똥이 마려운 건지도 모르겠다는 생각이 들었지만, 아무리 봐도 연기 같았다. 모두 지루해하니 웃긴 상황을 연출해서 관심을 끌려는 관종짓일 확률이 99퍼센트였다. 나도 가끔 엉뚱한 짓을 벌이기도 하지만 저 정도는 아니다. 똑같은 짓을 해도 상황에 따라 웃기기도 하지만 매우 불편하기도 하다. 선을 지키면 웃기고, 선을 넘으면 불쾌하다. 나는 선을 지킨다. 김진태는 선을 지키지 않는다. 전학 와서 인사하고 잠깐 보낸 시간 동안 벌인 짓이 이 정도인데, 앞날이 걱정이었다.

김진태가 화장실로 사라진 뒤 한영자 선생님은 수학 수업에 들어갔다. 그리 길지 않은 시간이었지만 전혀 집중이 되지 않았다. 1학년 때 사회 선생님과 엇비슷하게 지루했다. 안 그래도 별로 좋아하지 않는 수학이 수면제를 넘어 고문 도구처럼 느껴졌다. 나뿐 아니라 다들 비슷한 상태인 듯했다.

김진태는 수업이 거의 끝날 때쯤 들어왔다. 한영자 선생님은 김진태에게 잠깐 눈길을 주었을 뿐 아무 소리도 안 했다. 빠르게 그날 나가야 할 진도를 마친 뒤 반장에게 인사를 시켰다. 다들 지루하고 집중력이 떨어져서 대충 고개를 까딱했다.

"인사도 하나 똑바로 못 해?"

한영자 선생님이 버럭 소리를 질렀다. 김진태가 엉뚱한 짓을 할 때는 그대로 두더니 괜히 우리에게 짜증을 냈다.

"이 반 수준이 정말 왜 이 모양이야?"

또다시 한영자 선생님은 우리 반을 싸잡아 비난했다.

"우리 다 같이 제대로 인사하자."

김진태였다.

그 순간만 보면 누구보다 예의바른 학생이라고 착각할 정도였다. 한영자 선생님은 뭔가 잔소리를 더 늘어놓으려다 김진태를 보며 묘한 표정을 지었다. 속내를 어림하기 어려운 표정이었다.

다시 인사할 때는 바른 자세로 예의를 갖춰 고개를 숙였다. 한영자 선생님은 교실 전체를 훑어봤다. 혹시라도 제대로 인사를 안 하는 학생이 한 명이라도 있는지 찾아내려는 감시자 같았다. 우리는 못된 교도관이 무서워 움츠러든 죄수들처럼 기가 죽었다. 다행히 트집 잡힐 만한 사람은 없었다. 한영사 선생님은 자기 짐을 챙겨 들고는 냉기를 풀풀 풍기며 교실을 빠져나갔다.

한영자 선생님이 사라진 뒤에도 교실은 잠깐 동안 아무런 움직임이 없었다. 다른 수업이 끝났을 때와는 심하게 달랐다. 선생님이 교실을 빠져나가기도 전에 우당탕탕 움직이고 떠들던 애들이 말소리 하나 내지 못했다. 그만큼 한영자 선생님이 남긴 압박감은 강력했다. 누가 냈는지 모르지만 의자가 끌리는 작은 소리가 들렸고, 곧바로 약속이라도 한 듯이 교실은 온갖 몸짓과 소리로 왁자지껄해졌다.

나는 곧바로 내 절친 우현이에게로 갔다.

"심하지 않냐?"

내가 말했다.

우현이는 김진태 쪽과 교실 앞문 쪽을 힐끔 보았다.

"어느 쪽?"

나는 우현이 속뜻을 알아차렸다.

"둘 다!"

"한동안 시끄럽게 생겼네."

"저 관종이야 그렇다 치고, 저런 이상한 선생은 왜 온 거야?"

"별것도 아닌데 우리 반 전체를 싸잡아 깎아내리다니……."

우현이도 나와 같은 생각이었다.

"우리 반에 대해서 도대체 뭘 안다고."

내가 씩씩거리는데 학교 일진들과 어울리는 박상윤과 이용주가 내 옆을 지나갔다.

"기분 아주 더럽네."

"지가 우리 반에 대해 뭘 안다고."

"아, 씨!"

박상윤과 이용주조차 한영자 선생님에게 짜증이 나 있었다.

우리 반은 1학기 체육대회와 단합대회를 치르면서 분위기가 꽤 좋아졌다. 몇몇만 빼면 다들 잘 어울렸고 반에 대한 자부심도 높았다. 담임 선생님도 흡족하게 여길 만큼 우리는 단합이 잘됐다. 그런데 오늘 처음 온 선생님이 사소한 트집을 잡아 우리 반을 싸잡아서 비난하니 누구라도 자존심이 상할 수밖에 없었다.

"이거 쓰고 싶지 않냐?"

그때 김진태 목소리가 가까이서 들렸다.

"나랑 친하게 지내면 쓰게 해 줄게."

김진태는 조영호 옆에 바짝 붙어서 처음 자기 소개할 때 보여 줬던 볼펜을 조영호 얼굴 앞에 대고 흔들었다. 장난인 줄 알았는데 정말 볼펜으로 친구를 맺을 생각이라니 어이가 없었다.

조용호는 이름처럼 늘 조용하게 지낸다. 얌전하게 혼자 지내기로 여자에 최유빈이 있다면 남자에는 조용호가 있다. 다만 최유빈이 아예 아무와도 관계를 맺지 않으려 한다면, 조용호는 가끔이지만 어울려 지내기도 한다. 다만 매사에 자신감이 없어서 뭐든 남들 뒤를 따르려고만 한다. 나름 장점이 많은데 왜 그러는지 모르겠다.

1학기 때 조영호가 속한 모둠이 사회 수업 때 아파트 단지를 모형으로 만드는 수행을 했는데 결과물을 보고 깜짝 놀랐다. 특히 조영호가 색종이를 오려서 만든 아기자기한 조형물은 거의 예술품에 가까웠다. 그 때문에 한동안 조영호에게 멋진 색종이 작품을 얻으려는 애들로 조용호 둘레가 시끄러웠다. 그때도 조용호는 애들이 보이는 관심을 부담스러워하며 억지로 몇 개 만들어 주고 말았다. 선물 받은 애들은 멋진 작품이라고 감탄하는데도 조용호는 별거 아니라면서 끝없이 스스로를 깎아내렸다. 조용호가 왜 그렇게 자신감이 없는지 모르겠다.

아무튼 오늘 전학 온 김진태가 우리 반에서 만만한 남자인 조용호를 알아보고 접근한 점은 무척 신기했다. 그러나 조영호는 볼펜을 쳐다보지도 않고 김진태 말에 대꾸도 안 했다. 한참을 시도했음에도 조용호가 아무런 반응을 보이지 않자 코를 긁으며 몸을 돌렸다.

반 곳곳을 살피며 자기 자리로 돌아가던 김진태는 우리 반 모두가 화들짝 놀랄 만한 짓을 저질렀다.

"넌, 왜 이렇게 못생겼냐?"

김진태가 이선혜 앞을 지나며 내뱉은 말이었다.

일순간 교실 안에 있던 모든 애들이 정지 상태가 되었다.

"그 얼굴로 어떻게 사냐?"

김진태는 자기 얼굴을 이선혜 얼굴에 바짝 들이댔다. 기겁할 노릇이었다.

이선혜는 정말 착하다. 1학년 때부터 학교 전체에 착하다고 소문이 자자할 정도다. 도덕 교과서에 실려도 될 법한 일화가 수없이 많았다. 나로서는 불가능한 선행이었기에 처음에는 소문이 퍼지면서 과장된 줄 알았다. 그런데 2학년이 되고 같은 반에서 지내 보니 소문 그대로였다. 나는 인간이 악하게 태어났다는 성악설을 믿었는데, 이선혜를 보면서 인간 천성이 선하다는 성선설이 맞을지도 모른다는 생각마저 들었다. 여자들에게 툭하면 막말을 하고, 남자가 여자들에게 차별당한다고 주장하는 임현석조차 이선혜만은 인정했다. 이선혜 외모가 조금만 예쁘다면 임현석이 이선혜에게 고백했을지도 모른다. 임현석뿐 아니다. 이선혜 외모를 아쉬워하는 남자애들이 참 많다. 그만큼 우리 반 남자애들은 이선혜 성품을 좋아한다. 여자애들도 거의 다 이선혜와 관계가 좋다. 이선혜와 관계가 나쁘면 이선혜가 아니라 관계가 나쁜 그 사람 성품이 나쁘다는 증거나 마찬가지다.

이런 이유로 우리 반에 이선혜 얼굴 생김새 이야기는 금기사항이다. 아니, 2학년 모두가 인정하는 금기사항이다. 툭하면 여자들 얼굴 평가를 해대는 남자애들도 이선혜 얼굴은 절대 입에 올리지 않는다. 우리 반에서 가장 특별한 존재인 이선혜를 전학 온 놈이 멋도 모르고 외모 평가를 했으니, 반에 있던 애들 전체가 화들짝 놀랐을 수밖에 없었다.

침묵은 잠깐이었고, 이어서 엄청난 욕이 쏟아졌다. 나도 예외는 아니었다. 심지어 욕이라면 절대 입에 올리지 않으려고 노력하는 우현이조차 욕을 내뱉었다. 2교시 수업 시간이 가까워지면서 밖으로 나갔던 애들도 김진태가 한 짓을 전해 듣고 곧바로 욕을 퍼부었다. 아무렇지 않게 관종짓을 하던 김진태도 반 분위기가 심상치 않음을 느낀 듯했다. 그 어떤 반응에도 주눅이 들지 않았던 김진태 어깨가 구부정해졌다. 눈동자를 굴리는 꼴이 비굴해 보였다. 김진태는 재빨리 자기 자리로 돌아갔다.

"오! 뭐야? 교실 분위기가 왜 이렇게 바람직해? 이제부터 욕을 생활화하기로 약속이라도 한 거야, 뭐야?"

교실로 들어온 임현석이 장난스럽게 말했다.

임현석과 가까이 지내는 안재성이 김진태가 한 짓을 재빠르게 전했다.

"뭐? 아니, 뭐 저런 개……."

임현석은 쌍욕을 내뱉으며 주먹을 쥐고 무섭게 김진태에게 달려들었다. 무서운 기세였다. 김진태는 바싹 얼어서 꼼짝 못 했다. 여느 때 같으면 다들 말렸겠지만, 아무도 임현석을 말리지 않았다. 나도 은근히 임현석이 김진태를 제대로 때려 주길 바랐다. 임현석이 김진태를 건들면 일석이조였다. 눈에 거슬리는 임현석이 학교폭력으로 처벌을 받고, 관종은 몇 대 맞고 정신을 차릴 테니 말이다. 그러나 내 기대는 실현되지 않았다.

"그만해!"

이선혜가 임현석을 막아섰다.

"내 얼굴이 못생긴 건 사실이잖아. 난 괜찮으니까 때리지 마."

임현석은 씩씩거리며 욕을 내뱉으면서도 말리는 이선혜를 어쩌지 못했다.

아무리 봐도 임현석은 참 묘한 놈이다. 여자라는 존재 자체를 싫어하면서 어떻게 이선혜한테는 꼼짝도 못 하는지 모르겠다. 자기 말로는 이선혜가 워낙 착해서 그렇다고는 하는데, 납득이 잘 되지는 않는다.

"너 이 새끼 한 번만 더 그따위로 말해 봐! 내가 강제 전학을 당하는 한이 있어도 확 조져 버릴 테니까."

임현석 말에서 살기가 느껴졌다.

김진태는 겁을 집어먹었는지 임현석 눈도 못 마주치고 고개를 푹 숙였다. 곧이어 수업을 알리는 종이 울리자, 임현석은 씩씩거리며 자기 자리에 앉았다. 김진태는 콧등을 손등으로 비비면서 짝눈을 뜨고 주변 눈치를 살폈다. 겁을 단단히 집어먹은 듯 보였다. 처음에는 겁대가리를 상실한 녀석인 줄 알았는데 그 꼴을 보니 겁이 많아 보였다. 겁도 많으면서 무슨 배짱으로 막무가내로 관종짓을 하는지 알 수 없는 노릇이었다.

아무래도 김진태 때문에 한동안 반이 시끄럽게 생겼다.

2
남자는 바퀴벌레라고?

: 박채원 :

자연과학부 송윤정 선생님이 사흘 동안 출장을 가는 바람에 중학교 입학 후 처음으로 점심시간에 하는 자연과학부 활동을 쉬었다. 그래서 입학 후 처음으로 자연과학부원들이 아니라, 반 친구들과 같이 급식을 먹으러 가기로 했다. 우선급식 혜택을 누리면 굳이 기다리지 않고 먼저 먹을 수 있지만 그렇게 하지 않았다. 모처럼 친구들과 같이 밥을 먹고 싶기도 했지만, 특권을 누리고 싶지 않았다. 학교에서 자연과학부에 우선급식 혜택을 주는 까닭은 과학 실험과 연구 활동을 충분히 보장해 주기 위함인데, 실험과 연구를 안 한다면 우선급식 혜택을 누리지 않는 게 맞다고 생각했다. 나는 자신이 누리는 특권이 특권인 줄 모르고 당연한 권리로 여기게 되면 양심이 타락한다고 믿는다.

이상한 전학생과 깔깔한 수학 선생님 때문에 오전 내내 엉망이었던 교실 분위기는 점심시간이 되자 조금 풀렸다. 오자마자 이상한 짓을 마구 벌인 전학생 김진태는 박준형에게 제압당하고, 임현석에게 맞을 뻔했으면서도 관종짓을 멈추지 않았다.

"급식이 그렇게 맛있다며?"

김진태가 말을 걸었지만 아무도 대꾸하지 않았다.

"햐! 도대체 얼마나 맛있기에 소문이 그렇게 자자했을까? 크크크. 빨리 가서 먹어야지."

김진태는 급식 먹으러 갈 준비를 했다.

우선급식 혜택을 누리는 과학부 외에는 3학년 급식이 끝날 때까지 기다렸다 먹어야 한다는 말을 아무도 전하지 않았다. 우선급식을 먹으러 권우현과 이태경, 내 친구 임나은이 나가자 김진태는 곧바로 셋을 따라 갔다.

"다들 서두르지 않고 뭐 해? 맛있는 급식은 빨리 먹으러 가야지?"

김진태는 마치 반장이라도 된 듯이 거들먹거렸다.

그러나 아무도 거기에 대꾸하지 않았다. 2학년이 순서를 지키지 않고 먹으려다가 걸리면 엄청나게 혼이 난다. 1학년은 20분, 2학년은 10분을 기다려서 먹어야 하지만 맛있는 급식이 내미는 유혹에 못 이기고 몰래 먹다가 걸리는 1·2학년이 종종 있다. 오늘은 단속을 하지 않겠지 기대하며 학년을 속이고 먹으려는 애들이 종종 있기에 선생님들은 순번을 정해서 늘 단속을 한다. 그럼에도 몰래 도전을 하는 1·2학년들이 꾸준히 나온다. 그럴수록 선생님들은 단속을 더 강하게 했다. 2학기 초라 단속이 심한 상황이기에 김진태가 먼저 가면 단속에 걸릴 확률이 높았다. 다들 말은 안 했지만 단속에 걸려서 심하게 혼나길 바라는 마음이었다.

김진태가 나가자 애들은 각자 친한 애들끼리 모였다. 나는 이예나 자리로 갔고, 유정린과 강정아도 왔다. 원래 나는 나은이, 예나와 친했다. 그러다 1학기 때 수행평가로 인해 사회 선생님과 격돌한 이후로 정린이와 정아까지 친해지면서 우리는 한 무리가 되어 뭉쳐 다녔다. 정린이와는 예나, 나은이 못지않게 친해졌지만, 정아는 아직까지도 친근감보다는 거리감이 조금 더 크다.

"아, 짜증 나!"

정아가 씩씩거렸다.

"왜?"

예나가 물었다.

"그 관종 씨~."

정아 입에서 거친 욕이 나왔다.

"조금 심하게 관심이 고팠나 봐."

정린이는 뭐든 좋게 보려고 한다.

"그게 조금이냐? 완전 개새끼지."

"강아지 욕하지 마. 우리 집 뚜뚜 성질이 왈가닥이기는 해도 관종보다는 나으니까."

예나는 예쁜 강아지를 키운다. 이름이 뚜뚜인데 예쁜 겉모습과 달리 성질이 유별나다. 애교를 부리다가도 갑자기 짖고, 짜증이 나면 예나에게 시비를 걸기도 한다. 뚜뚜와 예나는 둘이 마주 보고 다투기도 하는데 그 모습이 마치 한 자매가 신경전을 벌이는 듯 보이기도 한다.

"쌤에게 말씀드릴까?"

정린이가 모범생답게 말했다.

"아침에 말하는 거 봤잖아. 담임은 관종짓을 장난기 많은 걸로 밖에 안 봐."

"예나 네가 부반장이니 반장이랑 상의해서 반 전체회의라도 열어 봐."

"회의를 열어서 뭐 하게?"

"대책을 세워야지."

"회의를 연다고 뾰족한 수가 있겠냐? 준형이랑 임현석한테 그렇게 당하고도 꾸준히 관종짓 하는 거 봤잖아."

예나가 입술을 깨물었다.

"차라리 네 친구들한테 부탁하는 건 어때?"

내가 말했다.

"친구? 누구? 아, 걔들……."

예나는 인간관계가 참 넓다. 우리 반 여자애 남자애 구별 없이 두루 잘 지낸다. 다른 반에도 아는 애들이 참 많다. 학교에서 잘나가는 남학생 일진들과도 친하다. 내가 말하는 친구란, 예나와 가깝게 지내는 남학생 일진들이었다.

"걔네들 나서서 폭력 사태라도 벌어지면 뒷감당 못 해."

"하긴, 맞아도 계속할 기세긴 하더라."

"어떻게 해 버리고 싶은데……, 아 짜증나."

정아가 단발머리를 마구 흐트러뜨렸다.

"꼭 아빠 같잖아. 싫은데 어떻게 해 버릴 수도 없고."

정아는 아빠를 무척 싫어한다. 우리와 어울리면서 아빠 이야기가 나오면 아빠 흉을 무척 많이 본다. 나는 아빠가 참 좋기에 정아가 그럴 때마다 속이 껄끄럽고 불편하다.

우리 아빠는 집에서 요리를 자주 한다. 내 남동생은 어릴 때부터 요리하는 아빠를 보고 자라선지 요리를 즐겨 한다. 동생 꿈은 제빵사인데 빵을 만든다고 집을 난장판으로 만들어 놓는 경우가 비일비재하다. 작년부터는 발효빵을 만든다면서 온갖 발효액종을 만들어서 곳곳에 놔두는 바람에 집안에 퀴퀴한 냄새가 가시지 않는다. 냄새에 예민한 나로서는 짜증 나는 일이긴 하지만, 동생이 꿈을 향해 열심히 노력하는 점은 아주 높이 산다. 동생과 아빠는 성향도 잘 맞아서 같이 어울려 놀 때 보면 대물림이란 말은 이럴 때 쓰는 거구나 느껴질 정도다. 아빠는 요리뿐 아니라 설거지도 자주 한다. 청소는 엄마보다 아빠가 더 자주 하고, 빨래도 아빠가 종종 한다. 나는 아빠처럼 집안일을 잘 챙기고, 자녀들과 잘 어울리는 남자가 좋다. 아빠는 외모만 빼면 완벽한 내 이상형이다.

물론 정아가 아빠를 싫어하는 까닭이 이해가 가지 않는 바는 아니다. 한번은 나은이가 '몇 달 동안 아빠가 지방으로 파견 근무를 가는 바람에 강제로 주말부부가 되어서 엄마가 힘들어한다.'는 얘기를 한 적이 있다.

그때 정아는 차가운 말투로 이렇게 말했다.

"우리 엄마 아빠도 주말부부잖아!"

"같이 사시는 거 아니었어? 너희 아빠도 어디 파견이라도 가시는 거야?"

그 뒤에 나온 정아 답변에 우리는 웃어야 할지 울어야 할지 헷갈렸다.

"흔히 말하는 주말부부는 아니야. 그런데 늘 아빠가 술 마시느라 집에 안 들어오거나 늦게 들어와서 주말부부나 마찬가지야."

그러고서 정아는 아빠에 대한 불만을 길게 늘어놓았는데, 우리 아빠와 달라도 너무 달라서 솔직히 꽤 놀랐다.

"웬 회사가 회식을 그리 많이 하는지, 평일에는 늘 술이야. 술 안 마시고 들어오지 않은 날이 없어. 그나마 안 취해서 들어오면 곱게 자는데, 취해서 들어오는 날이면 꼭 내 방으로 와. 그러고는 이런저런 잔소리를 해. 숙제를 끝낸 뒤 이런저런 영상도 보고 SNS를 하는 시간인데, 딱 그때 맞춰 와서는 공부 안 하고 뭐 하는 짓이냐며 그래서 뭐가 되겠냐, 이 경쟁 사회에서 그따위로 하면 되겠냐……. 뻔하디 뻔한 꼰대 같은 말들을 하는데, 숨이 막힐 지경이야. 잔소리를 한참 늘어놓고 자기

　수상한 유튜버, 호기심을 팝니다

방으로 갔으면 그냥 자면 되는데, 자꾸 나를 불러. 가기 싫지만 급하게 찾으니 안 갈 수가 없잖아. 그래서 가 보면 목마르다면서 물을 달라고 하거나, 근지러우니 등을 긁어 달라고 하는 거야. 엄마는 아빠가 맨날 늦게 오니까 그냥 자 버리고. 아빠가 오는 소리를 듣는지 못 듣는지 모르겠지만, 엄마는 일단 침대에 들어가면 절대 안 일어나니까 자꾸 나를 찾는 거야. 한밤중에 말이야. 어제는 또 어땠는 줄 알아? 뻔한 잔소리를 한참 동안 늘어놓다가 조용해져서 보니까 그대로 내 방바닥에서 잠들어 버린 거야. 술 냄새에 이상한 안주 냄새까지 풍기면서 자는데 정말 죽는 줄 알았어. 그 끔찍함이라니……. 집에서 쉬는 날이면 얼마나 귀찮은지 몰라. 힘들게 숙제하는데 자기도 손발 다 있으면서 수건 가져와라, 커피 타 와라, 간식 가져와라……. 조선 시대도 아닌데 나를 하인 부리듯이 해. 그러면서도 잔소리는 또 어찌나 많이 하는지……. 나는 남이 쓰던 컵은 싫거든. 그게 가족이든 누구든 말이야. 그래서 내가 쓰던 컵만 쓰고, 늘 새 컵을 쓰는데 아빠는 '왜 그렇게 낭비가 심하냐.'며 구박을 해. 그러면서 자기가 입을 댄 컵을 쓰라는 거야. 더럽게……. 그러면서 나만 쓰는 컵을 일부러 가져가서 보란 듯이 막 써. 그럴 때는 나를 시키지도 않아. 그래서 나는 내 컵을 사용할 때도 손잡이 있는 쪽에만 입을 대. 아빠가 그쪽은 입을 안 대거든. 엄마는 아빠가 잔소리를 하든 뭘 부탁하든 꿈쩍도 안 해. 아예 아빠 말은 듣는 척을 안해 버려. 엄마 말에 따르면 결혼 초에는 엄마도 아빠가 시키면 다 해 줬대. 그런데 나 낳고 힘들게 키우면서 직장 생활까지 하는데, 손끝 하나 움직이지 않는 아빠를 보면서 수없이 싸우고 다투다가 그냥 마음을 접어 버렸대. 그 뒤로는 집안일에 관련해서는 부탁도 안 하고, 아빠가 뭔 부탁을 해도 안 들어주게 되었다는 거야.

내가 어릴 때 엄마에게서 가장 많이 들은 말 가운데 하나가 아빠에 대한 하소연이었어. 어린 나이였지만 엄마가 겪는 고통과 힘겨움을 고스란히 느꼈어. 아직도 그때 들었던 말이랑 내 기분이 생생하게 떠올라. 한번은 엄마한테 아빠와 이혼할 생각 없냐고 물었더니, '그래도 바람 안 피고 돈은 잘 벌어 오잖아.' 하면서 차갑게 웃는 거 있지. 바람 안 피는 거야 당연한 건데, 엄마는 그게 마치 고마운 일처럼 말했어. 내가 보기에는 돈 때문이야. 엄마도 일을 하지만 아빠가 벌어 오는 돈에 견주면 새발에 피거든. 그래서 나는 이다음에 성인이 되면 꼭 돈을 많이 벌 거야. 절대 남자한테 의존하지 않고 살 거고. 솔직히 말해 아빠는 돈밖에 내세울 게 없는 사람이야. 아빠는 내게 늘 조선 시대 양반 남자처럼 굴다가 내가 참지 못하고 짜증이라도 낼 기색을 비치면 꼭 돈으로 해결하려고 해. '우리 딸 용돈 줄까? 뭐 필요한 거 없어?' 하는데 나는 그런 기회를 이용해서 용돈을 뜯어내. 용돈이라도 팍팍 뜯어내지 않으면 더 억울하니까. 솔직히 말해서 돈이 필요할 때면 일부러 짜증이 난 척을 하기도 해."

정아가 숨 쉴 틈도 안 주고 쏟아 낸 말은 내가 상상도 못 한 이야기였기에 꽤나 충격을 받았다.

"나는 아빠를 사랑하지 않아."

차가운 기운이 풀풀 풍기는 말이었다. 한 치도 망설이지 않는 단호한 선언이었다.

"어릴 때는 흔히 '아빠 사랑해. 엄마 사랑해.' 이런 말을 많이 하잖아. 선생님이나 어른들이 일부러 시키기도 하고. 그런데 나는 유치원 선생님이 '아빠 사랑해.'란 표현을 쓰라고 할 때 거부했어. 겨우 일곱 살이었는데, 이미 나는 내가 아빠를 사랑하지 않는다는 걸 알았고, 꾸며서라도 아빠를 사랑한다는 말을 쓰고 싶지 않았던 거야."

나는 지금도 아빠한테 사랑한다고 말한다. 용돈을 받고 싶으면 짜증을 내는 것이 아니라 애교를 부린다. 아빠도 어쩌다 술을 마시고 취해서 들어오는데 그럴 때면 취할 정도로 마시지는 말라고 엄마 대신 내가 잔소리를 한다. 그러면 아빠는 한껏 미안한 표정을 짓는다. 나는 아빠가 취할 때까지 술을 마시면 그럴 만한 사정이 있다고 믿는다. 나는 아빠가 술을 마셔서 짜증이 나는 게 아니라 걱정이 돼서 잔소리를 한다. 정아와 나는 아빠를 바라보는 감정이 극과 극이다. 아마도 이런 아빠에 대한 감정 차이가 내가 정아에게 거리감을 느끼는 이유일 수도 있다.

아무튼, 우리는 급식을 기다리는 내내 김진태에 관한 이야기를 나누었다. 김진태는 우리뿐 아니라 다른 애들 입에도 계속 오르내렸다. 막무가내 관종짓이 부른 파장이 반 전체를 뒤덮었다. 한영자 선생님에 관한 대화도 가끔 들리기는 했는데, 김진태에 견주면 미미했다. 한영자 선생님이야 수학 수업 때만 들어오지만 김진태는 내내 우리와 같이 지내야 하니 더 화젯거리에 오를 수밖에 없었다. 벌어진 상황만 보면 김진태가 벌인 관종짓은 큰 성공이었다. 우리 반 애들 관심을 모조리 자신에게 끌어당겼으니 말이다.

2학년 급식 시간이 되자 일제히 밖으로 나갔다. 다들 맛있는 급식을 한시라도 빨리 먹기 위해 재빨리 움직였다. 우리도 잠시 김진태에 관한 이야기는 접어 두고 급식실을 향해 빠르게 걸어갔다.

"달팽이가 기어가시나~! 지나간다. 지나가~~! 빨리 빨리 지나가!"

우리 옆으로 남학생 한 무리가 떼를 지어 앞지르기를 했는데, 그 가운데 한 명이 마치 자동차를 운전하듯이 괴상한 몸짓을 하며 허세를 부렸다.

"김태욱, 너 한 대 맞을래?"

예나가 주먹을 쥐어 보였다.

"아이고, 무서버라! -.- 할 줄 알았지?"

그러고는 마치 광대처럼 우스꽝스러운 춤을 추었다.

짜증이 난 예나가 정말로 때리려고 하자 김태욱은 몸을 좌우로 트는 척하더니 재빨리 도망가 버렸다. 같이 가던 무리도 김태욱을 따라 뛰어갔다.

"급식실 갈 때 뛰지 말라고 했는데, 누가 뛰냐?"

급식 지도를 하는 선생님이 급식실 입구에서 김태욱 무리를 보고 크게 야단을 쳤다.

"죄송합니다, 쌤! 무서운 하이에나를 피하느라-!"

김태욱은 군인처럼 경례를 했다.

"야, 야, 뭐 해? 선생님이 질서를 지키라잖아!"

그러고는 같이 가던 무리들에게 짐짓 화내는 척했다.

"아, 이거 미안하게 됐슴돠!"

"질서는 지켜야지, 질서! 질서!"

같이 가던 무리들은 되지도 않는 말들을 내뱉으며 질서를 잘 지키는 모범생처럼 굴었다. 하는 짓만 보면 열한 살밖에 안 된 내 동생보다 더 어려 보였다. 도대체 왜 저러는 걸까? 저런 행동이 멋있어 보인다고 생각하는 걸까? 아무리 헤아리려고 해 봐도 헤아리기가 어려웠다.

"어휴, 저 관종들……. 내가 상종을 말아야 하는데……."

상종을 않겠다고 말은 했지만 예나가 그럴 리는 없었다. 그저 장난이었다.

"야, 쟤네들한테 한번 물어봐라."

내가 말했다.

"뭘?"

예나가 물었다.

"왜 저러는지."

"그래서 뭐 하게?"

"그럼 김진태가 왜 그러는지 조금은 알 수 있지 않을까 해서."

"김진태랑 쟤네들이 같냐? 쟤들도 관종짓은 하지만 김진태와는 결이 달라."

"그런가?"

나는 고개를 갸웃하며 물러섰는데, 정아는 생각이 달랐다.

"결이 다르긴 뭐가 달라, 똑같지."

정아 말에서 냉랭한 기운이 물씬 풍겼다.

예나는 뭐라고 대꾸하려다 말고 입술을 살짝 깨물었다가 풀었다. 예나로서는 자기가 친하게 지내는 남자애들을 정아가 안 좋게 말하는 게 기분 좋을 리 없었다. 이럴 때 정아는 주변 사람들 눈치를 살피지 않는다. 그래서 나뿐만 아니라 많은 애들이 정아를 불편해한다. 어떤 면에서는 주관이 확실하다고 칭찬할 만하지만, 배려심이 부족하다는 평가가 더 적절한 듯하다.

"지금 하는 짓 좀 봐. 무슨 대단한 사람이라도 되는 양 허세 부리는 꼴이라니……. 남자들은 어릴 때는 그나마 봐줄 만한데 크면서 마치 바이러스에 감염이라도 된 듯 똑같아진다니까."

정아 말에 아무도 대꾸하지 않았다. 이럴 때 잘못 대꾸하면 사정없이 치고 들어오기 때문이다. 나는 정아 말에 반감이 들면서도 솔직히 일부분은 공감이 되는 점도 있었다. 학기 초에는 제법 얌전했던 애들조차 갈수록 눈꼴사나운 짓을 자주 하고, 1학년 때와 달리 학교 규정도 쉽게 위반한다. 허세를 부리거나 센 척하면 정말로 멋지게 된다고 믿기라도 하는 걸까?

내가 가장 이해가 안 되는 점은 좋아하는 이성이 생겼을 때다. 남자

친구를 사귀는 여자애들을 보면 예쁘게 보이려고 애를 쓴다. 다른 반에 있는 남자친구를 만나러 갈 때는 잠깐이라도 거울을 들여다보며 얼굴을 매만진다. 그 반면에 남자들은 좋아하는 이성이 생기면 잘해 주기보다 짓궂게 구는 경우가 많다. 괜히 툭툭 건드리고, 이해 못 할 장난을 친다. 좋아하는 감정이 생기면 상대에게 잘해 주고, 멋지게 보이려고 해야지 왜 짓궂게 구는지 모르겠다.

"저렇게 수준 낮은 남자들이 세상은 자기들이 다스려야 한다고 억지를 쓰며, 수천 년 동안 온갖 권력과 부귀영화는 다 독차지하다니……."

정아 표정과 말투에서 분노가 어른거렸다.

정아가 말을 멈춘 뒤 아무도 입을 열지 않았다. 급식을 받고 다 같이 자리에 앉을 때까지 침묵이 이어졌다. 침묵은 맛있는 급식이 입에 들어가는 순간 깨졌다. 늘 맛있었지만 새로 먹으면 또 더 맛있었다. '맛있다', '끝내준다', '와~' 하는 감탄사가 이어졌고, 우리는 자연스럽게 가벼운 화제로 이야기를 나누며 훌륭한 급식을 마음껏 즐겼다. 다 같이 시끌벅적하게 어울리며 먹으니 우선급식을 먹을 때와는 기분이 달랐다. 늘 3학년들 틈에 섞여서 눈치 보며 먹다가 같은 학년과 먹으니 훨씬 맛있었다. 식판을 금방 비웠는데 조금 더 먹고 싶었다. 우선급식을 할 때는 자연과학부 활동에 빨리 가야 해서 더 먹고 싶어도 참았지만, 시간 여유가 있으니 더 먹고 싶은 욕망을 굳이 억누를 이유가 없었다. 다른 애들도 나와 같은 생각이었다. 우리는 가위바위보를 해서 진 사람이 더 받아 오기로 했다. 정린이가 걸렸다. 정린이는 자기 식판을 들고 배식대로 갔다.

그때 건너편 자리에 앉아서 먹는 남자애들이 소란스럽게 굴었다. 서로 급식을 뺏어 먹으려고 난리를 치고 있었다. 더 먹고 싶으면 배식대에 가서 더 달라고 하면 넉넉히 주는데 왜 저러는지 모르겠다. 손에 든 젓가락을 집어던지기까지 하면서 눈꼴사납게 굴었다. 자세히 보니 식탁도 지저분했다. 한 명이 뒤늦게 급식을 받아서 합석했는데 먼저 먹은 애들이 달려들어 모조리 약탈해 갔다. 뒤늦게 온 남학생은 젓가락과 수저를 휘저으며 방어를 했지만 속수무책이었다. 도대체 왜 저렇게 먹는 걸까? 저것도 멋이라고 생각하는 걸까? 그때 정린이가 넉넉하게 급식을 다시 받아 왔고, 우리는 각자 먹을 만큼 덜어서 나눠 먹었다. 차분하게 나눠 먹는 우리 모습과 견주니 남자애들이 하는 짓이 마치 약탈자처럼 보여서 더 꼴 보기 싫었다.

맞은편에 앉은 정린이와 예나는 그 모습을 못 봤지만 내 옆에 앉은 정아는 그런 모습을 다 지켜보았다. 그러다 나와 눈이 마주쳤는데 눈살을 심하게 찌푸렸다. 열다섯 살답지 않게 미간에 짙은 주름이 잡혔다. 그러더니 내게만 들리는 크기로 중얼거렸다.

"남자는 다 바퀴벌레야."

그 순간 부지런히 움직이던 내 손과 입이 멈췄다. 강한 거부감이 일어났기 때문이다. 장난을 치며 급식을 먹는 남자애들을 보며 정아 의견에 끌리던 마음이 확 사라졌다. 도저히 동의할 수 없는 의견이었다.

아니 단순히 동의하기 어려운 의견이 아니라 정아 생각은 틀렸다.

우리 아빠도 남자다. 아빠는 절대 바퀴벌레가 아니다. 아빠는 외모 빼고는 내 이상형일 만큼 훌륭하다. 그런 아빠가 바퀴벌레라니 절대 동의 못 한다. 내 남동생도 남자다. 동생이 가끔 마음에 안 들기는 하지만 바퀴벌레는 절대 아니다. 동생은 열한 살밖에 안 됐지만 제빵사를 꿈꾸며 열심히 노력한다. 그런 동생이 바퀴벌레라니……. 아빠와 동생뿐 아니다. 권우현만 해도 바퀴벌레와는 거리가 멀고, 박준형도 바퀴벌레는 절대 아니다. 선생님들은 또 어떤가? 컴퓨터과학부 이명재 선생님은 내가 속한 자연과학부 송윤정 선생님과 툭하면 다투지만, 여자와 남자를 공평하게 대하려고 애쓰고, 불평등한 뜻이 담긴 사소한 단어조차 안 쓰려고 노력한다. 박시우 담임 선생님도 엄격한 편이긴 하지만 학급을 공정하게 운영하려고 노력한다.

정아 말대로 엉망진창인 남자들도 따지고 보면 바퀴벌레 정도는 아니다. 내가 한때 무척 싫어했던 안재성도 나름 괜찮은 면이 있다. 늘 여자를 비하하는 말을 하고, 남자가 차별당한다고 억지 주장을 일삼는 임현석조차 오늘 오전에 김진태가 이선혜를 못생겼다고 하자 정의롭게 나섰다. 조금 전에 정아를 거슬리게 했던 김태욱도 예나와 친구라면 괜찮은 면이 있을 것이다.

몇몇 남자는 정아 말처럼 바퀴벌레 같은 못된 성정을 지녔을지도 모른다. 그러나 모든 남자가 바퀴벌레는 아니다. 섣부르게 말하긴 그렇지만, 새로 온 한영자 선생님은 여자지만 바퀴벌레에 더 가까워 보였다.

세상에는 나쁜 남자도 많지만 좋은 남자도 많다. 여자라고 다 좋은 사람이 아니듯 남자라고 다 나쁜 사람은 아니다. 아무리 좋게 봐주려고 해도 정아는 지나치게 편협하다. 과연 정아와 계속 가까이 지내야 할까? 아무래도 심각하게 고민해 봐야겠다.

3
여자는 기생충일까?

: 안재성 :

"오! 뭐야? 교실 분위기가 왜 이렇게 바람직해? 이제부터 욕을 생활화하기로 약속이라도 한 거야, 뭐야?"

임현석이 신나게 들떠서 말했다.

나는 얼른 다가가 조금 전 벌어진 사건을 전했다.

"저 관종 새끼가…."

나는 전학 온 김진태를 가리켰다.

"관종 새끼가 뭐?"

"선혜가 못생겼다고 놀려서 다들 욕……."

내 말이 끝나기도 전에 임현석이 욕을 퍼부으며 김진태에게 달려들었다. 워낙 사납게 달려들어서 아무도 말리지 못했다. 그 순간 괜히 내가 전했다 싶었다. 학교 폭력이 벌어지면 교무실에 끌려가 진술서를 써야 한다. 나야 별 잘못이 없기는 하지만 내가 임현석에게 말을 전했으니 진술서를 써야만 할 것이다. 귀찮은 일에 휘말리기 싫기에 내 자신에게 짜증이 났다. 내가 말 안 해 줬어도 임현석에게 사실을 전해 줄 사람은 많았는데, 괜히 나섰다.

"그만해!"

이선혜가 임현석 앞을 가로막았다. 다행이었다. 이선혜가 말리면 임현석은 아무것도 못 한다. 임현석은 이선혜라면 껌뻑 죽는다. 여자라면 벌레 보듯 하는 녀석이 이선혜는 왜 그리 챙기는지 모르겠다. 물론 이선혜가 참 착하긴 하다. 열다섯 살이 될 때까지 만난 수많은 여자들 중에 이선혜보다 착한 여자는 없었다. 도덕책에 나오는 위인은 현실감이 없지만 이선혜는 바로 눈앞에서 선행을 밥 먹듯이 하니 훨씬 대단해 보였다. 그래서 우리 반 남자애들은 뒤에서 이선혜에 대해서 말할 때면 '얼굴만 좀 괜찮으면……' 하며 뒷말을 생략한다. 임현석도 마찬가지다. 아니 조금 심하다. 임현석은 대놓고 '하나 빼고 완벽하게 내 이상형'이라고 말했다.

"내 얼굴이 못생긴 건 사실이잖아. 난 괜찮으니까 때리지 마."

임현석은 이선혜 뒤로 보이는 김진태를 보며 욕을 내뱉었지만 더는 어쩌지 못했다.

또다시 선행이 하나 쌓였다. 못생겼다는 모욕을 대놓고 당했는데도 너그럽게 받아넘기다니, 아무리 봐도 이선혜는 인간 같지가 않다.

수상한 유튜버, 호기심을 팝니다

"너 이 새끼 한 번만 더 그따위로 말해 봐! 내가 강제 전학을 당하는 한이 있어도 확 조져 버릴 테니까."

임현석이 저렇게 강하게 말하기는 처음이었다. 툭하면 욕을 하고, 틈만 나면 여자를 까대는 임현석이지만 저렇게 세게 말한 적은 단언컨대 한 번도 없었다.

2교시는 재미없는 과학 수업이었다. 반 분위기가 관종으로 인해 써늘한 상태였지만, 과학 선생님은 아랑곳하지 않고 잘 알아듣지도 못하는 설명을 빠르게 늘어놓았다. 5분밖에 지나지 않았는데 졸음이 쏟아졌다. 1교시 수학 수업 때도 졸렸지만, 그때는 새로 온 한영자 선생님이 무섭게 감시를 하는 바람에 억지로 졸음을 견뎠다. 안 그래도 지루한 과학 수업인데 1교시에 제대로 못 자는 바람에 더 졸렸다.

선생님에게 안 들킬 만한 자세를 갖추려고 몸을 이리저리 트는데, 통로 건너편에 앉은 송현지가 미세하지만 고개를 까딱까딱 흔드는 모습이 보였다. 긴 머리카락을 앞으로 늘어뜨려서 귀가 안 보이게 가렸는데, 딱 보니 귀에 무선이어폰을 몰래 꽂고 음악을 듣는 듯했다. 그 앞에 앉은 최한나도 움직임이 수상했다. 책상 아래로 내려간 왼손이 자꾸 움직였고, 같은 박자로 미세하게 몸이 흔들렸다. 늘 묶고 다니던 머리카락도 풀어서 귀를 가린 걸로 봐서 음악을 듣는 게 분명했다.

나는 가방 안에 두었던 스마트폰을 몰래 꺼냈다. 들키면 혼이 나고 벌점까지 받지만, 스마트폰을 몰래 만지고 싶다는 유혹을 물리치기는 어려웠다. 무선이어폰도 끼고 싶었지만 참았다. 나는 여자들처럼 머리카락이 길지 않아 자칫하면 들킬지도 모르기 때문이다. 왼손으로 턱을 괴고 열심히 수업을 듣는 척하며 책상 아래에 스마트폰을 두고 비밀번호를 눌렀다. 무음인지 다시 한번 확인하고 웹툰을 열었다. 선생님에게 들키지 않도록 주의하면서 웹툰을 보는데, 문자가 떴다.

💬 심심?

임현석한테 온 문자였다.

💬 ㅇㅇ ㅠㅠ

나는 그렇다고 답을 보냈다. 곧바로 링크가 걸린 주소가 떴다.

💬 뭥미?

나는 임현석이 보낸 링크 주소가 뭐냐고 물었다.

💬 일단 와.
💬 잼남.
💬 ????????
💬 드러와 드러왕~.

💬 ○○ㅅ

나는 알았다고 하고 링크를 눌렀다. 그러자 유튜브 앱이 열렸다.

💬 이게 뭐미?

🔲 ㅅㅂㅅ

임현석은 생방송이라고 하는데 무슨 생방송인지 알 수가 없었다. 화면을 보니 책상다리만 보였다. 시청하는 사람은 단 한 명, 나밖에 없었다. 나가려는데 채팅창에 글이 하나 올라왔다. 임현석이었다.

　└ 댓글로 놀자
　　└ 두리?
　└ 곧 더 드러올따.

임현석 말대로 조금 뒤에 세 명이 더 들어왔고, 별 의미 없는 댓글들이 쭉 이어졌다. 길게 댓글을 쓰지도 못하고 별 내용도 없는 댓글이었지만 수업 시간에 몰래 하니 지루함이 사라졌다. 선생님에게 들킬지도 모른다는 걱정이 짜릿한 긴장감을 불러일으키기도 했다. 그러나 긴장감이 주는 재미는 얼마 지나지 않아 사라졌다. 과학 선생님은 우리들이 제대로 수업을 듣는지 따위는 관심도 없다는 듯 빠르게 설명을 이어가며 칠판에 글씨만 무수히 써 댔다. 선생님이 하는 모양새를 보니 들킬 염려는 아예 없어 보였다. 임현석이 보내는 생방송 영상은 아무런 변화가 없었다. 또다시 지루해졌다. 재미도 없는 댓글놀이를 하느니 웹툰을 보는 게 나을 듯했다. 재미없다고 하고 나가려는데 영상이 변했다.

　ㄴ 뭐시여?

　ㄴ 짝꿍 필통 몰래 훔쳤어.

　ㄴ 그래도 됨?

　ㄴ ㅇㅈㅇ자나.

2학기에 들면서 임현석 짝꿍은 이진아로 바뀌었다. 이진아는 눈에 띄지 않게 애들 사이에 묻혀 지내는 그저 그런 평범한 여자애다.

　ㄴ 짜잰!!!!!!! ㅈㄱㅂㅅ 개시.

임현석은 중계방송을 개시한다고 선언한 다음 이진아 필통에서 하나씩 물건을 꺼내 보여 주었다. 연필, 샤프, 볼펜, 색연필, 지우개, 화이트, 가위 등 수많은 학용품들이 하나씩 필통 밖으로 빠져나왔다. 이진아 학용품에는 스티커가 많이 붙어 있었다. 고양이, 강아지를 예쁘게 그린 캐릭터 스티커였다. 스티커에 관심이 하나도 없는 내가 봐도 예뻐 보이는 캐릭터도 있었다. 학용품 하나가 나올 때마다 우리는 댓글을 달았는데, 예쁘다는 댓글은 단 한 개도 달리지 않았다. 모든 댓글은 'ㅋㅋㅋ'나 'ㅎㅎㅎ'와 같은 웃음이거나 깎아내리는 말이었다. 물론 나도 분위기에 맞춰 그렇고 그런 댓글만 달았다. 모든 학용품이 나오고 마지막에 텅 빈 필통만 남았다. 필통 안에는 지우개 가루와 찢어진 포스트잇이 꽤나 많았다. 학용품은 깔끔했는데 학용품을 빼내고 난 빈 필통은 꽤나 지저분해 보였다. 솔직히 학용품에서는 비웃거나 깎아내릴 만한 구석이 없었지만, 그냥 재미나게 놀려고 댓글을 그렇게 달았을 뿐이다. 그렇지만 필통은 누가 봐도 지저분했기에 진심으로 비웃어 주었다.

    ㄴ, 여자들은 다 그래.

    ㄴ, 겉으로는 예쁜 척하지만 속은 더러워.

    ㄴ, 이게 바로 그 증거지.

    ㄴ, 쟤. 지루한 과학 수업이 끝나갑니다.

    ㄴ, 오늘 생방송은 이제 끝.

    ㄴ, 시청해 주셔서 감사합니다.

    ㄴ, 나가실 때 좋아요 꼭 부탁해요.ㅋㅋㅋ

    마지막으로 임현석이 글을 쭉 달았고, 나는 임현석 부탁대로 좋아요를 누르고 스마트폰을 껐다.

곧이어 수업이 끝났는데 목이 뻐근했다. 똑같은 자세로 오랫동안 스마트폰을 본 탓이었다. 목을 가볍게 움직이며 뻐근함을 푸는데, 또다시 전학생 김진태가 관종짓을 했다.

"아! 더워!"

김진태가 넥타이를 빼내더니 윗옷 셔츠 단추를 두 개나 풀었다. 그러고는 두 손으로 깃을 잡고 열을 식히는 척하더니 한쪽으로 옷을 젖혔다.

"오, 매력 짱 내 쇄골."

김진태는 왼손으로는 옷깃을 젖히고 오른손으로는 자기 쇄골을 쓰다듬으면서 연신 감탄했다. 여기저기서 욕이 터져 나왔고, 주변에 있던 여자애들은 기겁하며 자리를 피했다. 아무리 봐도 김진태는 관종 중에서도 제대로 미친 관종이었다.

3교시에는 딴짓을 하지 않았다. 최미경 사회 선생님 수업이었기 때문이다. 최미경 선생님은 수업을 참 재미있게 하신다. 설명이 쉽고 재미있어서 그냥 듣다 보면 이해가 된다. 모둠 수행평가도 많이 하기 때문에 딴짓을 할 틈이 없다. 나는 수행평가에 관심이 없었다. 그래서 웬만한 수행평가는 하지도 않았다. 그 바람에 구박도 많이 당했는데, 특히 박채원한테 무지 잔소리를 들었다. 그렇지만 박채원이 뭔 소리를 해도 나는 들은 척도 안 했다. 그런 잔소리는 어릴 때부터 집에서 귀가 찢어지도록 들었다. 나는 잔소리를 흘려보내는 데 이미 도가 텄다. 집에서 듣는 잔소리에 견주면 박채원이 쏟아 낸 잔소리는 아름다운 음악이었다. 그러다 우드락으로 아파트 단지를 만드는 수행을 했는데, 무척 재미있었다. 사회 선생님에게 칭찬도 많이 들었고, 애들도 진심으로 감탄해 주었다. 그때부터 사회 수행이 재미있어서 다른 과목과 달리 열심히 했다. 박채원과도 몇 번 더 모둠 수행을 했는데 그 전과 달리 박채원이 잔소리도 안 하고 나를 나름 대우해 주었다. 그래서 내가 가장 좋아하는 과목이 사회다. 재미나게 설명을 듣고, 즐겁게 수행을 같이 하다 보니 수업은 금방 끝났다. 모든 수업이 사회처럼 재미있으면 참 좋을 텐데, 안타깝게도 나는 사회 외에는 어떤 과목도 재미가 없다.

3교시 쉬는 시간에 관종은 또다시 관종짓을 했다. 이번에는 최한나, 김소은, 송연빈, 정민채가 모여서 대화를 나누는 데 끼어들었다. 여자애들이 꺼지라고 해도 아랑곳하지 않고 대화에 끼려고 했다.

"내가 고백을 많이 받아 봤거든. 그러니까 고백하려면 편하게 해. 안 받아 줄지 모른다는 걱정 안 해도 돼. 거절도 상남자처럼 하니까."

김진태가 느끼하게 이렇게 말하자마자 김진태를 쫓아내려던 여자애들은 기겁하며 자리를 피해 버렸다. 똥은 무서워서 피하는 게 아니라 더러워서 피하는 거라고 했다. 여자애들은 김진태를 더러운 똥이라도 되는 듯 다 피했다. 이제는 욕도 안 했다. 해 봐야 입만 아프고 김진태가 들은 척도 안 했기 때문이다. 똥파리 한 마리로 인해 반 분위기가 엉망이 되었지만, 해결책은 보이지 않았다. 아무도 앞서서 해결하겠다고 나서지 않으니, 김진태는 박준형, 임현석이 화를 내지 않는 수준에서 교묘한 방식으로 끊임없이 관종짓을 했다.

점심을 먹고 임현석과 장난을 치면서 교실로 돌아오는데 강정아가 이진아, 진하영과 이야기를 나누다가 우리를 잡아먹을 듯이 째려봤다. 강정아와 임현석은 물과 기름 같은 사이다. 1학기 때는 하루가 멀다 하고 싸웠다. 2학기 들어서는 휴전협정이라도 맺은 듯 싸우지 않는데 불안하던 휴전이 드디어 끝장난 모양이었다.

"너 정말 이 따위로 굴래?"

"한동안 잠잠하시더니 우리 페미 전사님께서 또 왜 이러시나?"

임현석이 능글맞게 굴었다.

"치사하게 이따위 짓이나 하고."

"또, 또, 또, 트집 잡으시네."

교실에 있던 몇몇 애들은 강정아와 임현석이 싸우자 자리를 얼른 피했다. 지긋지긋하게 봐 온 싸움이기에 둘이 싸움을 벌이면 피하는 게 낫기 때문이다. 밖에서 들어오려던 애들도 상황을 보더니 어떤 일인지 어림하고는 교실 문을 닫아 버리고 들어오지 않았다.

"트집 같은 소리하네."

"한동안 평화롭게 지냈는데, 왜 이러셔?"

강정아는 날카롭게 창을 휘두르는데 임현석은 기름을 두른 미꾸라지처럼 슬금슬금 빠져나갔다.

"평화? 평화 좋아하네. 그런 새끼가 이따위 영상을 찍어서 유튜브에 올리냐?"

갑자기 내 가슴이 뜨끔했다.

"아무리 그래도 그렇지. 진아 필통을 훔쳐다가 수업 시간에 영상을 몰래 찍어서 올리다니……, 여학생 필통 들여다보면서 댓글로 놀리기나 하고, 너 변태냐?"

내 아이디가 익명으로 되어 있기는 하지만 조사를 하면 나도 드러날 텐데…….

"난 또 뭐라고. 그냥 장난친 거야. 장난! 장난도 못 치냐?"

"이게 넌 장난으로 보이냐? 진아가 속상해서 얼마나 울었는지 알아?"

"야, 뭐, 학용품 좀 몰래 찍었다고 울긴 뭘 울어? 내 참."

임현석은 끝까지 아무렇지 않은 듯 굴었다.

"이 댓글들 보고도 그런 소리가 나와!"

강정아가 소리를 버럭 질렀다.

"여학생 필통에 쓰레기가 어떻다느니, 인성도 쓰레기라느니, 겉모습만 꾸미고 속은 더럽다느니 한 말이 다 그냥 장난이야? 야, 이 변태 새끼야, 너는 이게 그냥 장난으로 보여? 인격 비하에 여성 혐오지."

"아, 또 여성 혐오래. 이래도 혐오, 저래도 혐오! 그 혐오란 말 아주 지긋지긋하다. 지긋지긋해. 몇 번을 말해야 알아듣냐? 나는 여성 혐오 안 해. 사실을 사실대로 말할 뿐이지."

"도대체 뭐가 사실인데? 이게 사실이야? 삐뚤어진 네 인격이고 가치관이지."

"어휴, 그러면 우리 페미 전사님은 뭐가 그렇게 똑바른 인격이셔?"

그냥 깔끔하게 사과하고 삭제한다고 하면 될 텐데, 임현석은 한 치도 물러서지 않았다. 내 댓글도 많은데, 불안했다.

"자기 필통을 깨끗하게 관리했어 봐. 그럼 아무 문제 없었잖아? 스티커 예쁜 거만 잔뜩 붙이면 뭐 하냐? 필통을 그렇게 지저분하게 쓰는데……."

"기가 막혀서……. 다른 애 필통을 훔쳐다가 찍은 놈이 문제잖아. 필통 주인이 자기 필통을 더럽게 쓰든 깨끗하게 쓰든, 네가 도대체 뭔 상관이야? 하여튼 남자란 인종은 구제불능이야."

아무래도 문제가 커질 듯했다. 예전에 벌였던 싸움이 임현석과 강정아 둘에게만 해당하는 문제였다면, 지금은 이진아가 함께 걸린 문제라 예전과는 결이 다를 듯했다. 더구나 댓글까지 달면서 놀렸으니 학교폭력으로 신고당할지도 모른다. 그러면 댓글을 같이 달았던 나까지 끌려들어가서 처벌받을 수도 있다. 제발 그만 고집부리고 사과하면 좋겠는데, 임현석은 물러설 줄 몰랐다.

"또, 그 남자 타령. 여자들이야말로 구제불능이지. 남자들에게 빌붙어 사는 기생충 주제에."

여자는 기생충이란 말, 임현석에게 귀가 따갑게 많이 들었다. 친해진 뒤로 임현석은 툭하면 나에게 유튜브 영상을 보여 줬는데, 거의 대

다수가 여성을 비난하고 깎아내리는 내용이었다. 많은 영상을 봤는데, 그 가운데 여자들이 남자들에게 빌붙어서 돈을 교묘하게 뜯어가는 영상을 보고 큰 충격을 받았다. 그 영상에 나온 여자들은 말 그대로 남자라는 숙주에 빌붙어서 돈을 빨아먹는 기생충이었다. 그 영상을 본 뒤로 나도 임현석처럼 여자들이 남자에게 빌붙어 사는 기생충 같다는 생각을 조금은 하게 되었다.

그렇지만 그런 의견은 내 생각에 뿌리내리지는 못했다. 당장 우리 집만 봐도 전혀 그렇지 않기 때문이다. 우리 집은 엄마가 주로 돈을 번다. 아빠는 사업을 한다고 몇 번 일을 벌였는데, 다 실패했다. 집이 몇 번 거덜 날 뻔했는데 엄마가 힘들게 노력해서 겨우 버텨 냈다. 지금도 아빠는 새로운 사업인지 뭔지를 하겠다며 밖으로 돌아다니지만 딱히 좋은 성과는 내지 못하는 듯했다. 아빠는 엄마만한 여자 없다면서, 엄마처럼 생활력이 강한 여자를 만나야 한다고 나한테 늘 강조한다. 이처럼 임현석이 보여 준 영상과 달리 우리 집에서는 아빠가 엄마에게 빌붙어 산다. 그렇다고 내가 아빠를 기생충이라고 여기지는 않는다. 엄마도 아빠를 기생충 취급하지 않는다. 아빠는 나름 열심히 노력했다. 다만 운과 실력이 모자라서 실패했을 뿐이다. 엄마도 아빠가 열심히 노력한 걸 알기에 크게 원망하지도 않았다. 두 분은 힘든 세월을 이겨 내서 그런지 몰라도 여전히 사이가 좋다.

솔직히 말해 내가 생각하기에도 나는 삐뚤어졌고, 공부도 안 하는 무책임한 아들이다. 크게 사고 치며 살지는 않았으나 부모라면 기대하는 그런 자식으로 자라지는 못했다. 내가 이렇게 된 까닭은 엄마가 어릴 때 삐뚤어지는 나를 바로잡아 주지 못했기 때문이다. 아빠는 사업 실패로 정신이 없고, 엄마는 집안을 먹여 살리려고 바쁘다 보니 나를 돌봐 줄 틈이 없었다. 나는 내 멋대로 생활했고, 내가 봐도 엉망진창인 생활을 계속 해왔다. 그렇다고 엄마를 원망하지는 않는다. 엄마는 살기 위해 최선을 다해 일했고, 그 덕분에 나름 좋은 집에서 안정되게 살게 됐으니 말이다.

솔직히 말해 나는 임현석이랑 어울리고 싶지 않다. 나도 권우현이나 박준형 같은 애들과 친하게 지내고 싶다. 그러나 그런 애들과 지내기에는 내가 모자라다. 터놓고 말해서 같이 지내려고 하면 불편하다. 모범생처럼 지내면 뭔지 모르게 마음이 불편하고, 내게 어울리지 않는 듯해서 원래 하던 짓을 되풀이해 버린다. 이런 나를 나도 모르겠다.

아무튼 강정아는 지지 않고 되받아쳤다.

"바퀴벌레 같은 새끼가…….."

"바퀴벌레라고? 아 좋지. 바퀴벌레. 안 죽고 오래도록 살아남은 바퀴벌레처럼 오래 살라고 빌어 주기까지 하다니, 고마워 죽겠네."

강정아가 다시 화내며 더 심한 말을 할 줄 알았는데, 갑자기 몸을 획 돌렸다.

"어쭈! 피하는 거야? 우리 페미 전사님께서?"

임현석이 도발했지만, 강정아는 이진아와 진하영 어깨에 손을 얹고는 임현석 쪽은 쳐다보지도 않았다.

"증거 다 내려 받았어?"

"물론, 방금 다 했어."

진하영이 말했다.

"이제 됐다. 증거 확보했으니……. 지워도……."

증거라는 말에 불길한 걱정이 확 치고 올라왔다.

강정아가 몸을 다시 돌리더니 임현석을 향해 빙그레 웃었다. 임현석도 뭔가 심상치 않음을 느낀 듯했다.

"뭐야? 치사하게 학교에 고자질하려고? 왜 이러시나 우리 페미 전사님! 학교는 믿을 곳이 못 된다며? 온통 남자 기득권 선생들이 장악한 적폐라더니……, 스스로 신념을 버리는 거야?"

임현석이 강정아 자존심을 건드렸지만 강정아는 전혀 흔들리지 않았다.

"겁나지? 내 일이라면 당연히 학교에 기대지 않지. 그렇지만 이건 진아 일이야. 너를 비롯해 댓글로 모욕한 벌레들을 모조리 고발할 거야. 어디 학폭위에 가서도 조금 전처럼 당당하게 대답하는지 볼게."

강정아는 여유만만하게 굴었고, 임현석 얼굴에 불길함이 스쳤다. 임현석은 그동안 험하게 욕하고, 여자들을 비난하는 짓은 많이 했어도 선을 넘지 않았다. 학교폭력으로 처벌하기에 애매한 지점에서 멈췄다. 그래서 선생님들은 임현석이 잘못해도 심하게 야단을 치거나, 벌점을 주는 것에 그치고 말았다. 가장 심한 처벌이 학교 봉사활동이었다. 그렇지만 이번에는 상황이 달랐다. 우리끼리 나눈 대화방도 아니고, 모든 사람이 보는 유튜브에 떡하니 영상을 올려서 이진아를 놀려 댔으니 선생님들로서도 학교폭력으로 처벌하지 않을 수가 없을 듯했다. 나도 당연히 공범으로 처벌을 받을 게 뻔했다. 엄마는 내가 맨날 놀고, 공부도 안 하지만 큰 말썽은 부리지 않아서 고맙다고 엄마는 자주 말씀하셨다. 그런데 학폭위에 불려 나오면 엄마가 얼마나 크게 실망할까? 이러면 안 된다. 절대 그렇게 되게 내버려두면 안 된다. 내가 도대체 무슨 생각으로 수업 시간에 임현석 꼬임에 넘어가 그런 짓을 했단 말인가? 수업이 무척 졸렸고, 남들처럼 몰래 스마트폰을 만지고 싶었다. 그래서 아무 생각 없이 임현석이 벌인 놀이판에 가담하고 말았다. 내가 도대체 왜 그랬단 말인가? 후회는 언제나 되돌리고 싶지만 되돌리지 못하는 일이 벌어진 뒤에 따라온다.

임현석도 나 못지않게 당황한 듯했다.

"야! 진짜 할 거냐? 치사하게……."

목소리 빛깔이 완전히 달라졌다.

"왜? 쫄았냐?"

강정아는 승자다운 웃음을 지었다. 임현석은 완벽한 패자였다. 저런 놈을 믿고 내가 그런 장난에 가담하다니…….

"정아야, 그 정도면 됐어."

이진아였다.

"나는 그냥 사과받고 삭제하면 돼."

아! 다행이다. 그래 이진아, 바로 그거야! 고맙다.

"그냥 넘어가면 안 돼! 이런 놈은 또 그런 짓 한다니까."

"나는 일을 키우고 싶지 않아."

"어휴, 정말!"

이진아는 강정아 손을 꾹 잡더니 임현석에게 눈을 돌렸다.

"사과할 거니?"

이진아가 물었다.

"그, 그, 그래!"

임현석이 더듬더듬 말했다. 여느 때 같지 않았다.

"그럼, 제대로 사과해."

"미, 미, 미안해."

임현석이 여자에게 사과하다니, 임현석으로서는 대단한 굴욕이었다.

"사과 받아들일게. 영상은 지금 당장 삭제해 줘."

"아, 아, 알았어. 지금 삭제할게."

임현석은 그 자리에서 곧바로 유튜브 영상을 삭제했다.

"내가 확보한 증거는 남겨 둘 거야. 혹시라도 네가 뒤에 다른 말을 할지도 모르니까. 이제 내 눈앞에서 사라져 줄래. 너랑 말 섞기 싫으니까."

임현석은 아무 말도 못 하고 뒤로 물러나더니, 교실을 빠져나갔다. 나는 임현석을 따라 나가지 않았다. 나는 아무런 관계도 없는 척하며 내 자리로 갔다. 더는 임현석과 가까이 지내면 안 되겠다는 결심을 하며 자리에 앉았다.

교실 안에는 싸움 당사자들과 나 말고는 아무도 없었다. 복도 쪽도 살폈는데 아무도 없었다. 당사자인 이진아는 스스로 소문을 낼 리 없고, 진하영은 입이 무거운 편이라 일부러 소문을 내지는 않을 듯했다. 강정아가 나중에 임현석과 싸울 때 다시 꺼낼지도 모르지만, 이진아가 그만하라고 했으니 강정아도 쉽게 내뱉지는 않을 것이다. 천만다행이었다. 이런 일은 소문이 나지 않는 게 나았다. 그러다 뒷문 쪽에 사람 그림자가 어른거리는 게 보였다. 문이 살짝 열렸는데 그 틈새로 사람 형상이 보였다. 설마 누가 몰래 엿듣고 있던 걸까? 조심스럽게 뒷문을 살폈다. 뒷문 뒤에 숨은 애는 걱정스럽게도 관종 김진태였다. 설마 처음부터 끝까지 다 엿들은 건 아니겠지?

4
나는 학교가 무섭다

: 이진아 :

4교시가 끝나고 급식 시간을 기다리며 노닥거리는데, 진하영이 자기를 따라 나오라고 손짓을 했다. 나가기 귀찮았다. 급식을 먹을 때까지는 교실에서 기다리고 싶었다.

"뭔데?"

진하영은 입을 꾹 다물고 둘레를 살피더니 빨리 나오라고 손짓했다.

"왜 그래?"

이유도 모르고 따라가기는 싫었다.

진하영은 입을 삐쭉 내밀면서 눈을 부라렸다. 어쩔 수 없었다. 따라 나가기로 했다. 저렇게 강하게 말하는 걸 보면 그럴 만한 까닭이 있을 듯했다. 아니어도 별 수 없고.

황급히 나를 끌고 나간 진하영은 사람들이 없는 구석진 곳으로 갔다. 마치 첩보원이 비밀 작전이라도 펼치는 듯한 모양새였다. 물론 진하영이 첩보원일 리는 없지만.

"왜 그래 대체? 너 장난이기만 해 봐!"

"장난이라니……. 실제상황이라고."

진하영은 아무도 없는 곳인데도 한 번 더 둘레를 살폈다. 도대체 뭔 일인데 저렇게 심각하게 구는 건지.

"이거 봐."

진하영은 주머니에서 스마트폰을 꺼내더니 유튜브를 열었다.

겨우 유튜브 영상이나 보여 주려고 그렇게 심각한 척하다니, 살짝 짜증났지만 굳이 내 감정을 표현하지는 않았다. 감정을 있는 그대로 드러내서 좋을 게 없으니까.

나는 맥이 풀렸지만 아닌 척하며 영상을 봤다. 처음에는 무슨 영상인지 알아채지 못했다. 그러다 익숙한 학용품을 보고서야 이상한 낌새를 눈치챘다.

'설마, 아니겠지…….'

아니라고 믿고 싶었지만 짜증나게도 그 설마가 현실이 되고 말았다. 익숙한 스티커들은 영상 속 피사체들이 내 필통에서 나온 학용품임을 증명했다. 사실이라고 믿고 싶지 않았지만.

'도대체 누가?'

그러다 영상 마지막 부분을 보고 기겁했다. 학용품을 다 빼내고 난 필통에는 지우개 가루와 쓰다 남은 포스트잇이 남아 있었다. 정리해야지 하다가 내버려두었던 건데.

"영상이 다가 아니야."

진하영은 생방송 영상에 실시간으로 달린 댓글도 보여 주었다. 키득거리고, 놀리고, 장난치는 댓글들. 알파벳과 숫자에 가려진 익명들이 마구잡이로 벌인 장난질.

그러다 내 필통 밑바닥이 드러나는 순간에 달린 댓글이 보였다. 글에서 한 사람이 떠올랐다. 걔가 왜? 하긴, 걔라면 이유가 없다. 그냥 걔는 여자를 싫어하니까. 아, 이선혜는 빼고. 풀리지 않는 수수께끼.

"너도 누가 저질렀는지 알겠지?"

나는 말없이 마지막에 달린 글을 읽었다.

'나가실 때 좋아요 꼭 부탁해요.'

좋아요……. 좋아요라……. 뭐가 좋은 거지? 남을 놀려서 좋은 걸까? 그냥 재미있으면 좋은 걸까? 나도 영상이나 SNS를 보고 아무 생각 없이 좋아요를 많이 눌렀는데……. 도대체 나는 뭐가 좋다는 거였을까?

"이거 그냥 넘어가면 안 돼."

나도 안다. 그냥 넘어가면 안 된다. 그런데 어떻게 해야 할까? 막 나가는 임현석인데. 선생님들도 포기한 임현석인데.

"최소한 영상을 삭제하게는 해야지."

"걔가 삭제할까?"

"하게 만들어야지."

진하영은 마치 자기 일처럼 단호하게 말했다.

"방법은 하나밖에 없어."

선생님에게 말하려는 걸까? 일을 키우고 싶지는 않았다.

"강정아에게 말해 봐야지."

진하영이 선생님에게 말하자고 안 해서 다행이었다. 아마 강정아에게 말하면 적극 나서 줄 것이다. 강정아라면 이런 일에 무조건 나서서 싸우니까. 그렇지만 임현석은 강정아를 지독하게 싫어하는데, 과연 효과가 있을까?

"지금은 다른 방법이 없어."

진하영 말이 맞았다. 다른 방법은 없었다.

시간을 보니 벌써 2학년이 급식을 다 먹고 나올 시간이었다. 얼른 급식실 쪽으로 갔다. 급식실 입구로 갔는데 때마침 강정아가 친구들과 나왔다. 진하영은 강정아에게 다가가 뭐라고 속삭였고, 강정아는 친구들에게 손을 흔들더니 우리를 따라왔다. 우리는 교실로 왔고, 진하영이 강정아에게 영상과 댓글에서 중요한 부분만 보여 주었다. 강정아는 혹시 삭제할지 모르니 증거자료를 내려받으라고 했다. 임현석이 유튜브에서 삭제만 하면 나는 그걸로 되는데.

강정아가 시키는 대로 증거자료를 확보하는데, 임현석이 늘 같이 다니는 안재성과 들어왔다. 강정아는 임현석이 들어오자마자 싸움을 걸었다. 보고 싶지 않은 싸움이었다. 날이 시퍼렇게 선 말들이 흉기가 되어 오갔다. 그 흉기들에 내 이름이 베이고 찢겼다. 귀를 닫고 싶었다.

내 일이 아니면 아는 척도 안 할 텐데.

임현석은 학폭위에 신고한다는 말을 듣고 나서야 억지로 사과했다. 삭제도 한다고 했다. 강정아는 그냥 넘어가지 않으려고 했지만 나는 그냥 받아들였다. 삭제만 해 줘도 다행이라고 여겼기에.

사태를 마무리하니 갑자기 배가 고팠다. 급식 먹는 시간이 학교에서 가장 편안하고 행복한데, 급식을 못 먹었다. 영상도 사라지고, 급식도 사라지고……. 다 사라지면 좋겠다. 모두 다.

"왜 밥 먹으러 안 왔어?"

같이 다니는 정미주가 들어왔다. 진하영이 그냥 얼버무렸다. 정미주는 이해력이 모자라서 상황 파악을 잘 못 하고, 지난 일은 금세 까먹는다. 정미주에게는 대충 얼버무리면 끝난다. 평소에는 답답했는데 이럴 때는 참 편하니, 묘하다.

"야, 야, 야, 뭔 일 있었다며?"

뒤따라 들어온 신보라가 호들갑을 떨었다. 신보라는 정미주와 다르다. 머리도 좋은데 입도 가볍다. 신보라 귀에 들어가면 소문이 되어 학교를 돌아다닌다. 없던 일처럼 조용히 묻히면 좋은데. 하긴, 없는 소문도 그럴싸하게 꾸며져 삽시간에 퍼지는 학교에서 이 정도 사건이 그냥 묻힐 리는 없지.

나는 신보라를 별로 안 좋아하지만 같이 다닌다. 혼자 지내기에는 학교가 무서우니까. 나름 도움도 된다. 신보라는 떠도는 소문을 귀신같이 알아내서 세세하게 알려 준다. 신보라가 전하는 소문만 잘 챙기면

낄 때 끼고, 빠질 때 빠지면서 소문이 만들어 낸 폭풍에 휩쓸릴 가능성
이 줄어든다.

학교에는 수많은 소문이 돈다. 제대로 된 소문이라면 그나마 괜찮
다. 툭하면 헛소문이 돈다. 나쁜 의도 없이 한 작은 행동이나 말이 몇
사람을 거치면 쓰레기 짓으로 둔갑해 버리기도 한다. 실제로 그런 장
면을 직접 목격하기도 했다. 그때 느낀 황당함이란.

1학기 중간고사가 끝나고 얼마 뒤였다. 모처럼 책을 대출하려고 도
서관에 갔다. 책장에서 이런저런 책을 뽑은 뒤 뭘 읽을지 고르려고 의
자에 앉았다. 그때 2학년 다른 반 여학생 둘이 소곤거리며 이야기를 나
누었다. 보기 싫었다. 도서관에서 수다를 떨다니.

"오다가 보니까 선주와 경철이가 복도에서 얘기 나누더라."

"둘이 친했나?"

"아닌 줄 알았는데, 친해 보였어."

"뜻밖이네."

남자와 여자가 복도에서 이야기를 나누던 말든 무슨 상관이란 말인
가? 저런 쓸데없는 이야기는 도서관 아닌 곳에서 하지.

조금 뒤 선주와 경철이 얘기를 한 여학생이 밖으로 나가고, 조금 뒤
다른 여자애가 왔다. 원래 자리에 있던 여자애가 새로 온 여자애와 수
다를 떨다가 조금 전에 들은 얘기를 전했다.

"경철이와 선주가 친하게 지내는 거 몰랐지?"

"설마? 혹시 그럼 둘이 몰래 사귀는 건 아니겠지?"

수상한 유튜버, 호기심을 팝니다

"크크크, 그야 모르지."

"그러면 진짜 웃기겠다."

둘은 또다시 키득거리며 놀았다.

수다가 귀에 거슬렸다. 나는 얼른 대출할 책을 골라서 일어났다. 그러고는 책을 빌려서 교실로 향했다. 교실로 가는데 모르는 여자애 둘이서 나누는 대화 속에 낯익은 이름이 들렸다.

"너 그거 알아? 경철이랑 선주가 사귄대."

"뭐? 정말?"

"도서관에 갔다가 서희랑 주혜가 나누는 얘기를 우연히 들었어."

"와, 진짜? 둘이 그렇다면 사실인 거잖아. 대~박!"

"경철이가 선주랑 사귀다니, 실망이다. 진짜."

"경철이가 선주한테 넘어간 거겠지."

"그럴까?"

"선주가 툭하면 남자한테 꼬리치고 다니잖아."

"하긴, 선주가 좀 그렇지."

"못된 년."

두 사람은 어쩌다 친근하게 대화를 나눴을 뿐인데, 다른 사람 입에서 입으로 말이 전해지다가 삽시간에 한 사람이 남자한테 꼬리나 치는 못된 년이 되어 버린 것이다. 그 뒤에 사건이 어떻게 전개되었는지 나는 모른다. 큰일이 벌어졌을 수도 있고, 그저 그런 헛소문으로 돌다가 흐지부지 사라졌을지도 모른다. 흐지부지 사라졌다면 다행이지만, 그렇다고 해도 다른 애들은 선주에 대한 인상이 나빠졌을 것이다. 일부러든 아니든.

그 일을 목격하고 얼마나 무서웠는지 모른다. 나에 관한 얘기도 저렇게 돌아다니는 게 있지 않았을까? 신보라를 통해 듣는 수많은 소문은 또 얼마나 많이 뒤틀려서 돌아다니는 걸까? 헛소문인데 사실로 믿고 다툼을 벌인 관계는 또 얼마나 많을까? 왜 애들은 제대로 알지도 못하면서 얼핏 들은 말로 그 사람 모든 걸 다 판단해 버릴까? 왜 본인들에게 직접 확인해서 진실을 알려고 하지 않고, 자기들끼리 멋대로 나쁜 사람으로 만들어 버리는 걸까? 모조리 다 수수께끼다. 풀리지 않는.

"그게……, 별일 아니야."

그냥 그렇게 얼버무리고 넘어가고 싶었다. 소문이 어떻게 돌던 신보라에게 직접 내가 겪은 일을 말해 주고 싶지 않았다. 신보라가 왜곡하지 않고 정확하게 사건을 다른 애들에게 전달하도록 설명할 자신도 없었다.

"별일 아니긴, 그럼 왜 정아랑 임현석이 싸울 때 둘이 있었는데? 말이 안 되잖아. 무슨 일인지 말 안 해 줄 거야?"

어쩔 수 없었다. 이 상황에서 신보라에게 말을 안 했다가는 관계에 문제가 생길 듯했다. 어떻게 하면 왜곡되지 않게 제대로 전달할까 잠깐 고민하는데, 진하영이 내 고민을 덜어 주었다. 진하영은 자신이 영상을 처음 확인했다는 사실부터 임현석이 사과하고 삭제했다는 사실까지 간결하게 설명했다. 진하영은 나보다 훨씬 정보 전달을 잘했다.

수상한 유튜버, 호기심을 팝니다

그렇지만 안심하기는 일렀다. 소문이 어떻게 날지 모르기 때문이다. 만약에 이상하게 소문이라도 나면 어떡하지? 괜히 문제 삼았나? 그냥 넘어갔으면 아무도 모르고 지나가지 않았을까? 강정아를 끌어들이는 것보다 조용히 삭제해 달라고 임현석에게 부탁하는 게 더 낫지 않았을까? 걱정은 풍선처럼 부풀어올랐다. 언제 터질지 모르는 빵빵한 풍선이었다. 그냥 조용히 넘어갈걸.

"진아 필통은 왜 찍었대?"

신보라는 집요하게 어떤 영상이었는지 자세히 알려고 했다. 나는 바로 저런 신보라가 싫다. 내 처지를 조금이라도 헤아린다면 궁금증은 접어서 뒷주머니에 욱여넣을 만도 한데.

필통이 문제가 아니야, 신보라! 내 필통이 어떻든 임현석은 하면 안 되는 짓을 했어. 그게 중요해. 친구가 여성혐오주의자한테 심하게 피해를 당했는데, 너는 어떻게 임현석 욕은 하지도 않고 그 영상이 어떤 거였는지가 더 궁금하니? 너는 나보다 네 호기심이 더 중요하니?

이렇게 따끔하게 쏘아붙이고 싶지만, 마음과 달리 나는 그러지 못한다. 강정아가 한편으로는 참 부럽다. 강정아는 직진이다. 멈추지 않는다. 생각대로 행동한다. 욕도 많이 먹는다. 그러면서도 꿋꿋하게 버틴다. 부럽기는 하지만, 나는 강정아처럼 못 한다. 나는 강정아처럼 주목을 받거나 비난받는 상황을 못 견딘다.

진하영은 신보라보다는 나았다. 내 표정을 살피며 적당히 정보를 가공해서 전했다. 다행히 임현석이 어떤지 신보라도 잘 알기에 신보라는 다른 때와 달리 계속 파고들지는 않았다. 신보라는 들을 만큼 다 들었다는 판단이 들자 재빨리 밖으로 나갔다. 아마 소문을 퍼뜨리며 다닐 것이다. 도대체 어떻게 말을 전할까? 걱정이었지만 이미 내 손을 떠난 일이었다. 자꾸 후회가 밀려들었다. 그냥 넘어갈걸.

"배고프지?"

진하영이 어깨를 두드렸다.

"조금."

"이럴 때 매점이 있으면 얼마나 좋아."

"그러게."

"물이라도 마실래?"

안 그래도 목이 말랐다. 긴장으로 몸이 바짝 마른 느낌이었다. 물을 마시고 싶다는 욕구가 생기니 갈증이 더 심해졌다. 사막에서 오아시스를 찾아가는 마음으로 정수기가 있는 곳으로 서둘러 갔다.

"너희들 뭐니?"

서둘러 가느라 선생님을 발견하지 못했다.

"학생이 선생님을 보고 인사도 안 하니?"

오늘 새로 온 한영자 수학 선생님이었다. 첫인상부터 엉망이었는데.

나와 진하영은 자세를 잡고 재빨리 인사를 했다.

"몇 반이야?"

"2반입니다."

진하영이 대답했다.

"학년은 말 안 해?"

유리가 깨지는 소리가 났다.

"2학년입니다."

"아, 그 2학년 2반!"

한영자 선생님이 그냥 2학년 2반이라고만 했는데도 기분이 나빴다. 말에서 풍기는 빛깔이 칙칙했다. 우리 반을 어떻게 여기는지 말투에서 감정이 그대로 전해졌다. 우리 반에 대해 얼마나 안다고 저럴까? 기껏 한 번 수업해 놓고.

"어쩐지, 딱 알아봤어. 하나를 보면 열을 안다고. ……."

하나를 보고 어떻게 열을 안단 말인가? 자신이 무슨 초능력자라도 된단 말인가. 터놓고 말해서 그 하나조차 제대로 안 봤으면서. 내가 학생만 아니라면 대놓고 비웃어 주었을 텐데.

한영자 선생님은 한참 동안 잔소리를 늘어놓으려다 시계를 보더니, 앞으로 인사 똑바로 하라고 하나 마나 한 잔소리를 남기고는 잰걸음으로 사라졌다.

물을 마시다 사레 들려서 물을 흘리고 심하게 기침을 했다. 몸 상태가 엉망이었다. 이래저래 재수 없는 날이었다. 이런 날이 다시 오지 않으면 좋겠는데.

임현석과 한영자 선생님을 떠올리니 걱정이 돼서 한숨이 나왔다. 임현석이 오늘 같은 모욕을 당했으니 그대로 넘어갈 리가 없었다. 증거를 지우지 않기는 했지만 그걸로 방어가 될지는 모르겠다. 한영자 선생님을 보니 수학 수업은 앞으로 끔찍할 듯했다.

먹구름이 밀려들었다. 정신이 멍해졌다. 먹구름이 빨리 걷히면 좋겠는데.

5
나는 학생 1이었다

: 신보라 :

"준형이랑 보라는 좀 남아."

마지막 수업 시간은 체육이었다. 수업이 끝났는데 체육 선생님은 나와 준형이를 남으라고 했다. 준형이는 우리 반 체육부장이면서 2학년 체육부장이다. 나는 2학기에 체육부 차장이 되었다. 1학기 때는 예나가 체육부 차장을 맡았는데 예나가 반 부반장이 되면서 여학생 몫인 자리가 비었다. 체육 선생님은 예나 못지않게 운동을 잘하는 현지가 역할을 맡아 주기를 바랐지만, 현지는 춤 때문에 안 된다고 거절했다. 다른 여자애들 가운데 선뜻 나서지를 않아서 내가 한다고 손을 들었다. 나는 잘하는 운동이 거의 없기 때문에 다른 지원자가 있었으면 내가 안 되었겠지만 나밖에 지원하지 않아서 내가 차장이 되었다.

다른 애들은 다 교실로 간 텅 빈 체육관에 나와 준형이만 남아 있었다. 체육 선생님은 잠깐 자리를 비웠다. 준형이와 처음으로 단 둘이만 같은 공간에 남으니 무척 좋았다.

　　"너는 어떻게 그렇게 운동을 잘해?"

　　물어보나 마나 한 질문이었지만 그 말밖에 생각 안 났다.

　　"운이 좋게 태어나서 그렇지 뭐."

　　준형이는 체육관 문 쪽을 보며 성의 없이 대답했다.

　　"운동을 전문으로 하는 선수가 될 생각은 없는 거야?"

　　나는 되도록 귀엽게 들리도록 목소리를 꾸몄다.

　　"운동은 그냥 좋아서 할 뿐이야. 선수는 내 적성에 안 맞아."

　　"재능이 아깝지 않아?"

　　"선수가 되면 즐기지 못하잖아. 그래서 안 해."

　　예상하지 못한 답변이었다. 그 바람에 잠깐 말문이 막혔다.

　　"멋지다."

　　기껏 찾아낸 말이 '멋지다'라니……. 신보라! 이렇게 순발력이 없어서야 어떻게 준형이가 널 좋아하게 만들겠니? 정신 차려!

　　터놓고 말해서 내가 체육부 차장을 하겠다고 나선 까닭은 준형이 때문이다. 준형이를 좋아하는 여자들이 참 많다. 2학년 동기들도 많지만 1학년 여자애들 사이에서는 조금 과장하면 아이돌처럼 인기가 있다. 지난 체육대회 때는 1학년 여자애들 무리가 자기 반은 응원 안 하고, 준형이를 응원하며 난리를 피운 적도 있다. 꽤나 잘생긴 데다 키도 제법 크고 운동도 잘하고, 또래 남자애들과 달리 여자애들에게 짓궂은 장난은 아예 치지 않으니 인기가 좋을 수밖에 없다. 그렇지만 준형이에게 아무도 고백을 못 했다. 내가 모르게 누가 고백을 했는지는 모르겠지만, 내가 들은 소문으로는 확실히 아무도 고백을 못 했다. 준형이는 여자애들에게 잘해 주기는 하지만 어느 선 이상으로는 절대 친해지지 않는다. 누군가 고백하려는 낌새가 보이면 싸늘하게 대해서 아예 고백할 엄두도 내지 못하게 만들어 버린다. 괜히 고백했다가 서먹한 사이가 되기를 바라지는 않기에 아무도 준형이에게 고백을 못 한 것이다.

그나마 준형이와 가장 친한 여자애가 예나다. 오직 예나만 준형이와 스스럼없이 장난치고 농담을 주고받는다. 여자애들에게 곁을 내주지 않는 준형이지만 예나는 체육부 차장이었기에 가까워질 수밖에 없었을 것이다. 내가 체육부 차장이 되었으니 나도 예나처럼 준형이와 가까워질 수 있을 것이다. 큰 체육관에 단둘이만 있는 기회를 잡은 것만 봐도 내 예상이 맞았다는 증거였다.

"운동선수 아니면 뭐가 되고 싶어?"

겨우 정신을 차리고 다시 질문을 했다.

준형이는 힐끗 나를 보더니 다시 체육관 문 쪽으로 눈을 돌렸다.

"아직 없어."

보라야, 보라야! 제발 이런 딱딱한 질문 말고 좀 정답게 대화를 나눌 만한 화젯거리가 없니? 기회잖아. 정말 좋은 기회인데 왜 이러니? 나도 알아, 안다고! 그런데 뭘 물어야 할지 모르겠어.

"그나저나 너는 왜 차장을 하겠다고 지원했어?"

준형이가 나에게 질문을 했다. 준형이가 내게, 질문을!

더 이상 뭘 물어야 할지 고민 안 해도 된다. 이제 좋은 대답으로 준형이와 대화를 자연스럽게 이어가면 된다. 잘하자, 신보라!

뭐라고 대답해야 할까? 너와 가까워지려고 지원했다고 말할 수는 없었다. 자, 생각해 보자. 준형이가 왜 저런 질문을 했을까? 그래! 맞아. 나는 운동을 못하기 때문이야. 운동도 잘 못하는 내가 지원하니 뜻밖이었던 거야. 좋아! 아주 좋은 질문이야. 답변을 하기 좋은.

"잘하고 싶어서."

"운동을?"

"응!"

준형이 눈이 나를 똑바로 향했다. 기회였다.

"솔직히 나는 운동을 정말 못하잖아. 잘하고 싶은데 못하니 많이 속상했어."

속상하다는 낱말, 적절한 선택이었다. 상대방 감정을 건드리면서 나를 간절한 사람으로 보이게 만드는 훌륭한 낱말이었어. 잘했어, 신보라!

"혹시라도 차장이 되면 조금이라도 운동을 잘하게 될까 싶어서."

내 말을 들은 준형이가 피식 웃었다.

"너도, 참, 생각보다 순진하네."

됐다, 됐어!

나는 그냥 더욱 순진해 보이는 얼굴을 꾸며 냈다.

"내가 그래 보여?"

"다른 애들 말로는……, 아니야 됐어."

다른 애들이 뭐라고 말했을지는 나도 얼추 안다. 그렇지만 나는 그런 말 따위는 머리카락 한 올만큼도 마음에 두지 않는다. 나와 같은 처지를 겪어 보지 않고 평탄하게 큰 애들이 하는 평판 따위는 내게 아무런 영향을 끼치지 못한다. 그들이 나 같은 일을 당했다면 나보다 심하면 심했지 덜하지는 않았을 테니.

나는 집에서 전혀 관심을 받지 못하고 자랐다. 그래서 태어나자마자 열등감에 빠져야 했다. 언니는 예쁘고 몸매도 좋고 머리도 좋았다. 엄마와 아빠는 언니에 대한 기대가 컸다. 학교에 들어가자 언니는 줄곧 최상위권을 휩쓸었고, 학원들은 언니가 가면 크게 환영을 했다. 당연히 언니는 엄마 아빠 관심을 듬뿍 받을 수밖에 없었다. 외식을 하거나 배달음식을 시킬 때면 언니가 먹고 싶은 먹거리가 최우선 고려 대상이었다. 언니가 어떤 상품을 사고 싶다고 하면 곧바로 언니 손에 그 상품이 들렸지만, 내가 어떤 상품을 원하면 필요성과 효율성을 구구절절 설명해야만 했다. 그렇게 해도 내가 원하는 상품을 손에 쥘 확률은 지극히 낮았다. 나와 언니가 다투기라도 하면 모든 비난은 나에게 쏟아졌다. 남들은 모르지만 나는 언니 됨됨이가 얼마나 엉망인지 안다. 물론 언니를 아는 사람은 아무도 내 말을 안 믿겠지만.

언니에게 치이던 나는 나중에는 동생에게도 치였다. 동생은 귀여웠다. 태어날 때부터 귀여웠다. 나조차 처음에는 그 귀여움에 깜박 넘어갈 정도였다. 귀여움 속에 숨은 간사함은 시간이 한참 흐른 뒤에 나만 알아차렸다. 동생은 외모가 귀여울 뿐 아니라 애교도 잘 부렸다. 눈치가 구미호보다 더 한 동생은 적절한 애교로 엄마 아빠 사랑을 차지했고, 곤란한 상황을 모면했다. 언니처럼 예쁘지도 재능이 많지도 않았고, 동생과 같은 귀여움과 애교도 없는 나는 부모님 사랑을 받기에는 한참 모자란 딸이었다. 나는 위아래로 끼어서 없는 자식 취급을 받으며 오랜 시간을 견뎌야 했다.

집에서 그리 지내서였을까? 초등학교에 들어가서도 나는 존재감이 1도 없는 학생, 그저 그런 학생 1이었다. 학교에서라도 관심을 받고 싶었지만, 인정을 받고 싶었지만, 관심과 인정은 언제나 나를 빗겨 갔다. 내가 아무리 열심히 노력해도 선생님들은 나를 눈여겨보지 않았다. 죽도록 애를 써도 칭찬 한마디 듣기 어려웠다. 친구들 사이에서도 나는 존재감이 없었다. 그냥 끼워 주기는 하지만 늘 친구 1에 머물렀다. 스마트폰에 깔려 있지만 아무도 쓰지 않는 앱 같은 존재, 저장은 해 놓지만 연락은 하지 않는 전화번호, 그게 바로 나였다.

중학생이 되면서 나는 달라지기로 마음먹었다. 언니처럼 빼어난 외모와 재능이 없다면 동생 흉내라도 내야겠다고 다짐했다. 나는 오랫동안 동생이 어떻게 하는지 눈여겨봤기에 동생 흉내를 내기는 어렵지 않았다. 적당히 약하고, 적당히 귀엽고, 적당히 예쁜 척하면 되었다. 과도 하지 않은 적절함이 중요했다. 효과는 금방 나타났다.

처음에는 선생님들에게서 반응이 왔다. 초등학교를 다니는 6년 동안 그렇게 갈망했던 관심과 인정을 드디어 받아 냈다. 선생님들 정도는 아니었지만, 친구들도 초등학교 다닐 때보다는 확실히 내게 관심을 많이 주었다. 특히 남학생들에게 내 방법은 효과를 잘 발휘했다. 나는 정보 수집에도 열을 올렸다. 정보를 많이 알면 친분을 쌓는 데 도움이 되기 때문이다.

솔직히 말하면 나는 준형이를 좋아하지 않는다. 더 솔직히 말하면, 준형이가 싫다. 준형이를 보면 자꾸 언니가 떠오른다. 완벽한 외모와 재능을 타고난 준형이를 볼 때마다 언니를 보는 듯해서 짜증이 난다. 남들은 죽어라 하고 노력해도 이루지 못할 수준을 가볍게 넘어 버리는 모습을 볼 때마다 질투와 미움이 끓어오른다.

그럼에도 내가 준형이와 가까워지려는 이유는 하나다. 부러움을 독차지할 수 있기 때문이다. 내가 만약 준형이와 사귄다면, 엄청난 시기와 질투, 찬사와 부러움을 독차지하게 될 것이다. 언니는 늘 그런 것들을 독차지했다. 언니는 그게 얼마나 축복인지 모른 채 그걸 당연히 여기며 산다. 내가 준형이와 사귀면, 언니가 독차지했던 그 기분을 느끼게 될 것이다. 단 한 번이라도 좋으니 나도 그 기분을 느껴 보고 싶다. 그리고 그 기회가 바로 앞에 왔다.

준형이와 가까워지려면 나에 대한 인식을 완전히 바꿔 주어야 했다.

"나도 애들이 나를 조금 그렇게 보는 건 알아."

나는 일부러 '그렇게'란 말로 나에 대한 평가를 얼버무렸다.

"나는 잘하고 싶은데 잘 안 되면 속상함을 감추지 못해. 내가 속마음을 잘 못 감춰서 애들이 종종 오해를 해."

내 말은 내가 생각하기에도 꽤나 괜찮았다. 나는 뒤이어 내가 아는 가장 강력한 수법 가운데 하나를 사용했다.

"너처럼 재능이 뛰어난 사람들은 노력해도 안 되는 나 같은 사람 심정을 잘 모를 거야."

연민을 불러일으키기!

남자들 마음을 흔드는 가장 좋은 방법이었다. 내 시도는 효과가 있었다. 준형이 표정이 살짝 바뀌었다. 미세한 변화였지만 틀림없었다.

이제 더 확실하게 내 쪽으로 준형이 마음을 끌어당길 차례였다.

"내가⋯⋯."

그때 준형이가 벌떡 일어났다.

체육관 문으로 체육 선생님이 다른 반 체육부장과 차장들을 데리고 들어왔기 때문이다. 무척 아까웠다. 조금만 더 시간이 주어졌다면 더 확실하게 가까워졌을 텐데. 그래도 전환점은 마련했다. 어차피 체육부장과 차장은 자주 같이 어울린다. 기회는 또 올 것이다. 급하게 생각하면 안 된다. 차근차근, 실수하지 말고, 천천히 목표를 향해 가야 한다. 꼭 이루고 싶은 목표인데, 서둘렀다가 망치면 안 된다.

선생님이 각 반 체육부장과 차장들을 모은 이유는 체육 시간에 새롭게 배울 운동을 미리 알려 주기 위함이었다. 체육부장과 차장은 체육 시간이 되면 선생님을 도와서 이런저런 역할을 하는데, 새로운 운동을 미리 배워 두면 수업이 더 원활하게 돌아간다. 새로운 운동은 츄크볼이었다. 츄크볼은 팽팽한 네트에 공을 던진 뒤, 튀어 오른 공을 상대 팀이 잡지 못하게 하는 경기다. 잡지 못하게 한다고 해서 상대가 지닌 볼을 빼앗거나 네트에 던지는 걸 막아서는 안 된다. 공격성을 없애겠다는 취지에 어울리는 규칙이었다. 공을 잡고 세 걸음까지만 걸을 수 있고, 패스는 세 번까지만 가능하며, 패스 세 번 이내에 공을 네트에 던져야 한다. 네트 크기는 사방 1미터, 45도쯤 뒤로 기울게 설치한다.

규칙은 간단했다. 남자와 여자가 같이 섞여서 해도 되는 운동이었다. 나처럼 운동을 못하는 사람도 어렵지 않게 할 만큼 쉬웠다. 준형에게 잘 보이려고 최대한 열심히 움직였다. 착각인지 모르겠지만 준형이가 나를 응시한다는 느낌도 받았다. 모처럼 땀을 흠뻑 흘리며 뛰어다니고 나니 기분이 상쾌했다.

"잘 가! 내일 보자."

준형이가 손을 흔들며 다정하게 인사를 했다.

나는 주위를 두리번거렸다. 혹시 누가 보는 사람이 없나 살폈다. 제발 누구든 봐 주기를 바랐다. 둘 사이를 특별히 여기고 뒷말을 해 주기를 바랐다. 준형이에 관한 소문이라면 살이 덕지덕지 붙어서 부풀어 오를 게 뻔했다. 혹시 아는가? 둘이 사귄다는 소문으로까지 부풀어 오를지. 그렇게 되면 얼마나 좋을까? 헛소문이든 사실이든 내게는 중요하지 않았다. 많은 애들이 나를 알고, 나를 부러워하고, 나를 질투하게 되는 게 중요하다.

　나는 준형이가 내 시야에서 사라지는 모습을 끝까지 지켜보았다. 혹시라도 뒤를 돌아보면 손을 흔들어 주려고 했다. 준형이는 뒤돌아보지 않았다. 준형이 모습이 사라지자 나는 얼른 스마트폰을 꺼냈다. 전원을 켜자 수없이 많은 알림이 떴다.

　가장 먼저 진아, 하영이, 미주가 같이 있는 단체대화방을 열었다. 내가 가장 정성들여 관리하는 애들이다. 체육관에서 츄크볼을 연습한 시간이 꽤 길었던 탓인지 이미 대화가 가득했다. 일단 그림말(이모티콘)부터 날렸다. 땀을 뻘뻘 흘리는 그림말이었다.

　　└ [나] 땀 삐질삐질!!!!!!!!!!!!!
　　└ [나] 눈 어질어질. @@@@@@
　　└ [나] 이제 끝 + 헉헉헉.
　　└ [나] 힘들어잉. ㅠ.ㅠ;

　나는 잇달아 문자를 보내며 내가 들어왔다는 신호를 보냈다. 그러고는 다른 애들이 답을 하기를 기다리면서 내가 없는 사이에 주고받은 대화를 재빨리 읽으며 흐름을 파악했다. 애들은 앞 다투어 임현석을 까는 중이었다.

　　└ [미주] 이제 끝남?

┗ [하영] 개고생?

진아는 문자 대신 손을 흔드는 그림말을 보냈다.

┗ [나] 힘들었징.
┗ [나] 고마웡이.

꾸벅 절을 하는 그림말을 덧붙인 뒤 앞에 이어지던 대화 흐름에 자연스럽게 끼어들었다.

┗ [나] 돌나미.

돌나미는 우리끼리 임현석을 낮잡아 부르는 별칭이다. 현석에서 '석'을 돌(石)로 바꾸고, '돌+아이'로 부르려다 임현석은 남자이니 '돌나미'라고 부르자고 했다.

┗ [나] 이거 내가 보낸 적 있나?

그러고는 임현석이 웃기게 찍힌 사진을 올렸다. 전에 이미 한 번 올렸던 사진이었지만 기억이 가물가물한 척했다. 애들 반응이 이어졌다. 그 틈에 나는 2학년 체육부 단체대화방에 들어갔다. 땀을 삐질삐질 흘리며 웃는 그림말을 먼저 올렸다.

      ┗ [나] 오늘 고생했어. 체육부 짱!!!!

나는 엄지 그림말도 덧붙였다.

별 내용 없는 문자와 그림말과 사진이 줄줄이 올라왔다. 사진이 올라오면 'ㅎㅎㅎ'를 달고, 문자 뒤에는 '끄덕끄덕'을 단 뒤 얼른 진아, 하영, 미주가 있는 방으로 돌아왔다.

      ┗ [나] 언제 봐도 웃겨.

      ┗ [나] 언젠가.

      ┗ [나] 돌나미.

      ┗ [나] 더 심한 굴욕 사진.

      ┗ [나] 반드시 꽉.

한꺼번에 써도 되는 문자를 일부러 쪼개서 보냈다. 그래야 열심히 문자에 참여하는 느낌이 나기 때문이다.

우리 반 단체대화방에도 들렀다. 흐름을 재빨리 파악하고 한마디 한 다음 그림말을 남겼다. 그러고서 대화방을 빠져나와 SNS를 열고 이곳 저곳 살피면서 좋아요를 계속 눌렀다. 조금 눈에 띄는 사진에는 '대박 예뻐', '눈부셔', '짱짱짱' 등을 빠르게 달아 주고는 다시 대화앱을 열

               수상한 유튜버, 호기심을 팝니다

고는 이번에는 다른 단체대화방에 들어가 적당한 문자를 보냈다. 그러고는 둘레를 살피며 사진을 찍었다. '#하늘', '#집으로' 등을 달아서 SNS에 올렸다. 사진을 올린 뒤에는 다시 다른 사람이 올린 SNS에 좋아요를 몇 번 누르고, 여러 대화방을 다니며 대화에 참여했다.

집에 걸어가는 내내 나는 이렇게 부지런히 스마트폰으로 대화를 나누고, SNS를 누비며 학교에 머무는 동안 못 했던 소통을 했다. 집에 도착한 뒤 학원에 갈 준비를 하면서도 스마트폰을 놓지 않았다. 스마트폰은 내가 세상과 소통하는 끈이다. 존재감 없는 학생 1로 되돌아가지 않기 위해서는 어떻게든 꼭 잡고 있어야 하는 끈이다.

학원 수업 시간이 되자 한두 명씩 손을 흔들었다. 대화를 더는 못 나눈다는 신호였다. 나는 학원 갈 시간도 안 됐지만 숙제 핑계를 대며 적당한 시점에 대화방에서 나누는 대화를 멈췄다. 멈춰야 할 때를 잘 골라야 한다. 적절한 때 멈추지 않으면 혼자 독백을 하는 꼴을 당한다. 내가 쓴 글이 아무에게도 읽히지 않은 채 외로이 방치되면 쓸쓸하다. 오랫동안 아무도 읽지 않은 문자를 볼 때는 처참하기까지 하다.

학원 갈 준비를 마치고 편의점에서 저녁을 사 먹을 돈을 챙겨서 방을 나서려다 마지막으로 SNS를 열었는데 박채원이 올린 사진이 보였다. 박채원이 백설공주처럼 꾸며서 찍은 사진이었다. 좋아요도 많고, '예쁘다'는 댓글이 줄을 이었다. 내가 봐도 삐죽 내민 입술이 참 예뻐 보였다. 내 입술이 저렇게 예쁘다면……. 그런 상상은 나를 괴롭힐 뿐이다. 좋아요를 누르고 '예뻐 예뻐 예뻐'를 달아 주고 나오려는데,

강정아가 조금 전 올린 댓글이 보였다.

> ㄴ [강정아] 내가 가장 싫어하는 것, 백설공주와 신데렐라. 동화 속 공주는 여성을 독립된 인격이 아니라, 남자에게 의지해야만 문제를 해결할 수 있는 무능한 존재로 비추고 있어. 예뻐 보이는 사진도 좋지만, 공주 코스프레는 좀 삼가자.

댓글에서 풍기는 차가운 기운이 내게도 느껴졌다. 정아는 채원이와 가깝게 지내는 사이인데, 정아는 절친에게도 자비가 없었다. 그러고도 가깝게 지내다니, 나로서는 상상도 못 할 일이었다. 정아는 입버릇처럼 공주 욕을 한다. 여자가 남자에게 의존하는 걸 싫어한다. 정아는 나를 별로 안 좋아한다. 내가 남자들에게 귀여운 척하고, 약한 척하는 꼴을 보기 싫어한다. 그러거나 말거나 나는 정아 의견에 관심이 없다. 아니 정아 의견에 동의하지 않는다. 백설공주와 신데렐라가 얼마나 좋은가? 모두가 우러러보고, 멋진 남자와 살지 않는가? 다들 부러워하지 않는가? 그게 왜 안 좋다는 건지 모르겠다. 사람이 꼭 혼자 독립해서 살아야 할까? 그건 잘난 우리 언니 같은 사람이나 가능한 일이다. 나는 될 수만 있다면 백설공주나 신데렐라가 되고 싶다. 내가 준형이와 가까워지려고 하는 마음도 신데렐라가 되고 싶기 때문이다. 내가 신데렐라가 되다니, 생각만 해도 기쁘다.

앱을 나오려다 정아 댓글에 대해 다른 애들 반응이 궁금해서 잠시 기다렸다. 글이 달린지 얼마 지나지 않아 곧바로 댓글이 이어졌다.

└, [예나] ㅋㅋㅋ, 정의로운 정아님! 살살하셔. 채원이 운다!!! ㅠㅠㅠㅠㅠ

└, [나은] ㅎㅎㅎ. 솔직히 채원이가 공주는 아니지. ㅋㅋㅋ

└, [정린] 입술만 공주?

└, [채원] 나도 눈감고 남자 키스 따위나 기다리는 공주는 싫어!

└, [예나] 눈 감고 있는데 모르는 남자가 키스라니~~. 으으윽.

└, [정린] 끔찍하긴 하다. ㅋㅋㅋ

└, [나은] 그래도 우리 오빠들이라면. ^^

└, [정아] 착각! 네 오빠들은 너 몰라!!!!

└, [예나] 오늘도 진실한 정아 님 말씀에 나은 님이 심장에 폭격을 맞으셨습니다.

└, [채원] ㅋㅋㅋ, 오빠들이 모르다니~~; 나은이 운다. 울어. ㅜ.ㅜ

　　모두 친하게 지내는 사이라서 그런지 댓글들이 유쾌했다. 정아 글은 심각했는데 그 뒤에 달린 댓글은 모두 유쾌했다. 진정한 우정이 저런 걸까? 정말 친하기에 아무렇지 않게 저렇게 농담을 주고받는 걸까?

　　아무것도 먹지 않은 입에서 갑자기 진한 쓴맛이 났다. 부러움일까? 질투일까? 생각하기 싫었다. 보기 싫었다. 앱을 얼른 닫았다. 괜찮아, 신보라! 오늘 좋은 일 있었잖아. 괜찮아, 괜찮을 거야. 괜찮아야 해.

　　가방을 멨다. 다시 밖으로 걸어가야 한다. 깊이 숨을 들이마시고는 천천히 내뱉었다.

6
나는 심심하다

: 신규민 :

눈을 뜬다.

아무런 변화가 없는 방 풍경이 나를 맞는다.

밤새 아무 일이 없었다.

지진도 안 일어나고, 화산도 안 터지고, 외계인도 쳐들어오지 않았다.

심심한 아침이다.

뻔한 하루가 나를 기다린다.

지루하다.

어제와 똑같은 시간을 또 견뎌야 한다.

다시 눈을 감는다.

그 사이에 이제껏 겪지 못한 사건이라도 일어나길 빌어 보지만 신은

수상한 유튜버, 호기심을 팝니다

내 소원을 들어주지 않는다.

눈을 뜬다.

침대에서 내려와 문을 연다.

깔끔하게 정리된 거실이 보인다.

한 치도 흐트러짐 없는 풍경이다.

며칠 동안 사람이라고는 없었던 곳 같다.

기계처럼 정해진 곳을 다니며 아침에 해야만 하는 동작을 한다.

아침밥은 안 먹는다.

아침밥을 먹으려면 빨리 일어나야 하는데, 그게 싫다.

대충 챙긴다.

학교로 간다.

가라고 하니 간다.

거리는 잿빛이다.

목적도 모른 채 늘어놓는 지식, 진짜 실천도 아니면서 수행이라고 우기는 수행, 정해진 틀에서 단 0.1도 벗어나면 안 되는 답변, 차라리 학교에 AI를 앉혀 놓지 왜 내가 이 모든 무의미함을 견뎌야 하는 걸까?

늘 의문이지만 아무도 답을 해 주지 않는다.

교실, 철없는 녀석들은 뭐가 그리 신나는지 떠든다.

나도 대충 맞장구를 친다.

조금 뒤면 다시 되돌아갈 지루함과 심심함이지만 장난을 치는 그 순간만은 잊는다.

담임이 들어온다.

다시 지루하다.

또 견뎌야 한다.

그런데 이상한 놈이 나타났다. 같잖은 볼펜을 보여 주고는 자랑을 했다. 친구가 되면 비싼 볼펜을 쓰게 해 주겠다고 유혹했다. 시답잖았지만 재미있었다. 흥미진진했다. 여자 짝꿍인 최유빈에게 들이대는 짓은 더 웃겼다. 대뜸 영어로 인사를 하더니 고백하고 싶어도 참으라고 했다. 담임이 사라진 뒤에는 최유빈에게 더 들이댔다. 괜히 간섭하고, 손가락으로 얼굴도 찔렀다. 놀란 최유빈은 통로 쪽으로 넘어졌다. 사건이 흥미진진했다. 전학생 김진태는 제대로 된 관종이었다. 강정아가 고함을 쳤다. 재미난 일이 벌어질 낌새였다. 나는 이런 변화가 좋다. 그나마 살아가는 즐거움이다. 관종이 강정아와 붙었다. 강정아는 임현석 외에는 맞상대가 없었는데 김진태는 오자마자 싸웠다. 김진태는 관종답게 물불을 안 가렸다. 관종이 우리 학교 최고 여전사에 맞서 얼마나 버틸지 흥미진진했다. 그러나 싸움은 싱겁게 끝났다. 난데없이 박준형이 등장해서다. 이런 다툼에는 절대 끼어들지 않던 박준형이 갑자기 끼어들자 김진태는 바로 찌그러졌다. 박준형이 내 재미를 앗아갔다.

다시 심심하다.

1교시 수학, 의미 없는 시간이다.

수학을 배우지 말아야 한다고 생각하지는 않는다. 수학은 필요하다. 내가 철 없을 때는 나름 재미있게 공부한 적도 있다. 그렇지만 가르치는 방식은 도저히 이해가 안 된다. 시키는 대로 문제를 풀다 보면 내가 자동기계라도 된 기분이다.

새로운 선생이다. 변화다. 변화는 좋다.

잔소리를 늘어놓는다.

하나 마나 한 말잔치를 펼친다.

똑같은 선생이었다.

실망이란 말도 아깝다.

지루하다. 지겹다.

수학 선생이 인사를 제대로 안 한다고 반 전체에 시비를 건다. 유치하다.

쉬는 시간이다.

장난도 그리 즐겁지는 않지만, 그냥 가만히 있으면 견디기 힘드니 그나마 장난이라도 친다.

관종이 이선혜 외모를 두고 놀렸다. 어쭈! 저거 봐라! 저 새끼가……. 감히 이선혜를……!

욕이 나도 모르게 나왔다. 임현석이 들어왔다. 그나마 삶을 지루하지 않게 해 주는 재미난 녀석이다. 논리는 허약한데, 주장은 강한 녀석이다. 안재성에게 사정이 어떻게 됐는지 들은 임현석이 화를 버럭 내며 관종에게 달려들었다. 싸움이다. 드디어 재미난 일이 벌어질 기세였다. 삶에 흥미가 찾아왔다. 그러나, 흥미는 곧바로 사그러들었다. 이선혜가 이선혜다운 말을 했다. 천사가 날개를 숨기고 이 세상에 왔단 말이 사실일까? 어이, 천사님! 천국은 어때요? 여기보다는 재미있나요?

다시 지루한 시간이다.

사회, 과학, 가정 수업이 지나간다.

궁금하다.

선생들은 자신들이 가르치면 학생들이 배운다고 믿는 걸까?

과연 제대로 배우는 학생이 이 반에, 이 학교에, 전국 모든 학교를 통틀어 얼마나 될까?

도대체 배우지도 않는 교육은 왜 하는 걸까?

괜히 이런저런 질문을 늘어놓는다.

그렇다고 질문을 붙잡고 고민하지는 않는다.

그냥 던져 놓는다.

하나씩 던질 때마다 시간에 구김이 생기고, 지루함이 조금은 줄어든다.

드디어 점심시간이다. 그나마 즐거운 시간이다. 늘 그렇듯이 급식은 실망시키지 않았다. 일부러 더 장난을 쳤다. 괜히 옆에 앉은 애 식판을 빼앗아 먹었다. 더 먹고 싶으면 배식하는 곳에 가서 받아 와도 되지만 굳이 새로 배식을 받아 온 애 반찬을 빼앗아 먹었다. 자기가 받아 온 배식을 빼앗긴 녀석이 젓가락으로 반찬을 지키려고 하지만, 무차별 공격을 견뎌 내기는 힘들었다. 나를 비롯한 침략자들은 무자비했고, 식판은 너덜너덜해졌으며, 나는 즐거웠다. 다 같이 깔깔거리며 웃었다. 약탈당한 녀석은 다시 배식대로 갔다. 돌아오자마자 이번에도 공격을 했다. 난투극이 벌어졌다. 이번에는 제법 버텼지만 우리 침략자들은 다시 승리했다. 재미있다. 맛도 좋지만 이렇게 먹으니 살아있는 기분이 들었다. 하이에나가 왜 다른 짐승이 사냥한 먹잇감을 노리는지 알 만했다. 약탈은 재미있는 놀이다.

급식을 먹고 나니 조금 힘이 났다. 친구들과 운동장을 뛰어다니며 놀았다. 공이 발끝에 닿을 때마다 살아 있음을 느꼈다. 그냥 몇 시간 동안 이렇게 뛰어다니고 싶었다. 내 안에 갇힌 모든 에너지를 땀과 호흡으로 내보내고 싶었다.

종이 울린다.

또 들어가야 한다.

지루하다.

심심하다.

바람도 없고, 굴곡도 없고, 구름도 없고, 소리도 없는 모래사막을 혼자서 잿빛 옷을 입고 하염없이 걸어가는 기분이다.

시간이 더디게 흐른다.

마지막 수업은 체육이다.

체육으로 수업을 하는데, 점심때 공을 차며 누렸던 자유로움은 없다.

짜인 틀 안에서 정해진 몸놀림만 해야 한다.

프로그래밍을 한 로봇 같다.

체육관을 나선다.

교실로 들어간다.

이제 집으로 간다.

길거리를 걷는다.

집, 내 방, 가방을 바꾼다.

학원 가방이다.

또다시 밥을 먹지 않고 나선다.

편의점에서 삼각김밥과 음료수를 산다.

학원으로 들어간다.

숙제를 검사한다.

동그라미와 빗금이 교대로 보인다.

야단을 맞는다.

남으라는 명령이 떨어진다.

학교보다는 열심히 듣는다.

배움을 향한 열망 따위는 없다. 제대로 안 들으면 쪽지시험을 통과 못 하고, 그러면 더 오래 학원에 남아야 하기 때문이다. 강제수용소에 갇힌 죄수 같다.

한 시간이나 더 남아야 한다.

시간은 가고, 수용소 철문이 열리고, 다시 집으로 걷는다.

집이다.

학원 숙제를 서둘러 한다. 아무런 감시도, 강요도 없지만 최선을 다해서 한다. 그래야만 한다. 그래야만 선물이 온다. 숙제를 끝낸다. 내일 할 숙제는 또 오겠지만 일단 오늘 할 숙제는 끝이다. 확인을 받는다. 통과다.

내 손에 선물이 온다.

스마트폰!

아버지는 스마트폰을 딱 이 시간에만 쓰게 허락했다.

지문인식!

다른 시간에 만지다가 걸리면 아예 못 쓰게 되기에 나는 정해진 규칙을 지켜 왔다.

비밀번호!

까만 화면에 밝은 빛이 들어오고, 드디어 내 삶에도 빛이 들어왔다.

이제 내 시간이다.

유튜브를 켰다. 내 취향에 맞는 영상이 떴다. 첫 추천 영상을 눌렀다. 재미있었다. 다 보고 난 뒤에 좋아요를 눌렀다. 그러고는 댓글을 읽었다. 영상보다 더 재미난 댓글이 꽤 있기에 꼼꼼하게 읽었다. 재미난 댓글에는 좋아요를 눌렀다. 나도 댓글을 달았다. 구독은 누르지 않고 빠져나왔다. 구독을 눌러 놓으면 귀찮아서 나는 절대 구독을 누르지 않는다. 나는 그때그때 끌리는 대로 영상을 보는 쪽을 선호한다. 내 과거 취향이 현재 취향을 지배하도록 만들고 싶지 않다. 영상을 보고, 좋아요를 누르고, 댓글을 읽고, 댓글을 달기를 거듭했다. 눈도 귀도 손도 즐거웠다. 예상하지 못한 곳에서 빵 터질 때가 가장 흥미진진하다. 기대하지 않다가 웃긴 영상이 얻어 걸렸을 때는 구독까지 눌러 주고 싶은 유혹도 느낀다. 그러나 아무리 유혹이 강해도 구독은 절대 누르지 않는다.

갑자기 스마트폰 알람이 울렸다. 스마트폰 쓸 시간이 10분 남았다는 신호였다. 하루 내내 버그에 걸린 컴퓨터처럼 버벅거리며 지루하고 느리게 흐르던 시간이 내가 스마트폰을 쥔 뒤에는 초고속인터넷보다 빠르게 달렸나 보다.

마지막 영상을 신중하게 골라서 눌렀다. 눈을 깜빡이는 시간도 아까워 두 눈을 부릅떴다. 시간이 모자라 모든 댓글을 읽을 수는 없기에 추천을 많이 받은 댓글만 읽었다. 좋아요를 모두 눌렀다. 2분 남았다. 마지막으로 직접 댓글을 달았다. 30초 남았다. 못 읽은 댓글을 마저 읽었다.

새벽 0시 59분.
이제 내 시간은 끝난다.

스마트폰은 이제 내 손을 떠나야 한다.
거실 구석에 내 스마트폰이 갇힐 감옥이 있다.
나는 스스로 걸어가 그 감옥에 스마트폰을 넣는다.
안녕, 내일까지 무사히 버티길.
방으로 돌아온다.

수상한 유튜버, 호기심을 팝니다

진한 커튼을 쳐 바깥 불빛을 모두 차단한다.

불을 끈다.

침대에 눕는다.

잠깐 어둠을 응시한다.

내 눈에 보이는 어둠, 이게 삶이다.

거대한 우주는 거의 다 텅 빈 공간이고, 어둠뿐이라고 한다.

삶도 우주와 같다. 빛은 조금이고 어둠이 대부분이다.

나는 스무 살까지만 살고 사라지고 싶다.

더 살아 봐야 재미가 없으니까.

어른들을 사는 꼴을 보면 절대 그렇게 살고 싶지 않으니까.

눈을 감는다.

신은 믿지 않지만 그때만은 잠시 신을 찾는다.

나는 기도한다.

내일 아침 일어났을 때 지진이 일어났거나, 화산이 터졌거나, 외계
인이 쳐들어 왔기를……

베란다에 나타난 생쥐 한 마리

: 이태경 :

　일요일 오전, 소파에 기대서 느긋하게 TV를 보던 중이었다. 엄마와 아빠는 일이 있어서 밖에 나가고 집에는 나밖에 없었다. 재미있는 장면이 나와 실컷 웃고 나니 배가 출출했다. 엄마가 챙겨 놓은 간식을 눈앞에 가져다 놓고 먹으면서 TV를 보니 천국이 따로 없었다. 한창 즐겁게 웃는데, 프로그램이 끊어지고 중간 광고가 나왔다. 간식을 입에 가득 집어넣고 씹고 나니, 주스를 마시고 싶었다. 몸을 일으켜 냉장고로 가서 주스를 꺼냈다. 잔에 주스를 가득 따라 마시면서 다시 소파로 돌아왔다. 그러다 베란다 창문틀에서 움직이는 까만 물체를 언뜻 보았다. 처음에는 정체가 뭔지 몰랐다. 까만 물체는 이리저리 빠르게 움직였다. 나는 주스 잔을 든 채 조금 가까이 다가갔다.

"이게 뭐야!"

하도 놀라는 바람에 하마터면 손에 든 잔을 떨어뜨릴 뻔했다.

"와, 진짜, 이게, 어우, 이런……!"

기가 막혀서 말도 제대로 나오지 않았다.

떨리는 마음을 가라앉히려 했지만 진정이 되지 않았다. 잘못하다가는 잔을 떨어뜨릴 듯해서 일단 잔을 탁자에 내려놓았다. 그러면서도 베란다 쪽 까만 물체에서 눈을 떼지 않았다. 나는 전화를 집어 들고는 1번을 길게 눌렀다. 엄마 얼굴이 화면에 떴다.

"어, 어… 엄… 마!"

엄마를 부르는데 목소리가 떨려서 말이 제대로 안 나왔다.

"너 왜 그래? 무슨 일이야?"

엄마가 다급하게 물었다.

"지… 지……."

"지? 지, 뭐?"

나는 '후! 후! 후!' 하면서 떨리는 심장을 가라앉히려고 애썼다.

"여보, 여보, 이리 와 봐. 태경이가 이상해!"

엄마가 아빠를 불렀다.

나는 간신히 힘을 쥐어짰다.

"쥐……."

"쥐? 쥐가 뭐?"

"태경아, 왜 그러니?"

아빠 목소리도 전화기를 타고 들어왔다.

"쥐, 쥐가 있어. 베란다에 쥐가 돌아다녀. 까만 쥐가 베란다에 창틀에 있어. 왔다 갔다 해."

한번 입이 열리니 거침없이 '쥐'란 낱말이 입에서 쏟아져 나왔다.

"어떡해? 어떡하냐고?"

"쥐가 얼마나 커?"

아빠가 물었다.

크기, 크기는 생각도 못 했다. 자세히 보기 싫었지만 봤다. 자세히 보니 크기가 엄지만 했다.

"엄지만 해."

"엄지? 에이~"

갑자기 아빠 목소리가 가벼워졌다.

"에이라니 아빠! 쥐라고, 쥐!"

대화가 오가는 중에도 쥐는 끊임없이 베란다를 휘젓고 다녔다.

"엄지만 하다며? 쪼그만 게 뭐가 무서워. 뭐라도 들고 가서 그냥 때려잡아!"

아빠는 아주 쉽게 말했다.

"무섭다고. 더럽단 말이야."

나는 쥐가 싫다. 보기만 해도 싫다. 쥐를 떠올리기만 해도 싫다. 요리하는 쥐가 귀엽게 나오는 애니메이션을 본 적이 있는데, 쥐가 음식을 만드는 장면을 보고 토할 뻔했다.

"그럼 그냥 둬. 집 안으로 들어오지 않게 창문 꼭 닫고."

"어떻게 계속 같이 있어?"

"그렇게 싫으면 잡아야지, 뭐."

아빠는 아무렇지 않게 말했다.

"어릴 때 아빠가 사는 집에서는 천장에 쥐가 막 다녔어. 자는 데 뭐가 머리 위로 왔다 갔다 하는데 깨어서 보면 쥐인 경우도 있었고. 옛날에는 쥐와 같이 살았어. 조금도 안 무서워."

아빠는 몇 백 년노 더 된 듯한 옛날이야기로 나를 안심시키려고 했지만 나에게는 아무런 효과가 없었다.

"아빠! 빨리 오면 안 돼?"

"여기서 볼일이 끝나야 가지."

"그냥 오면 안 돼?"

"이태경! 어린애처럼 굴지 마."

나도 내가 어린애처럼 굴고 있음을 잘 안다. 그렇지만 베란다에 쥐가 돌아다니는데 아무렇지 않게 있을 자신이 없었다.

우리 집은 1층이다. 내가 어릴 때 하도 뛰어다녀서 층간소음 때문에 아랫집과 다툰 뒤 1층으로 집을 옮겼다. 나는 어릴 때부터 마음껏 뛰며 놀았다. 친구들도 우리 집에 와서 놀기를 좋아했다. 베란다 밖에 가득한 나무도 참 좋다. 1층에 살면서 다 좋았는데 가장 안 좋은 점이 벌레였다. 벌레를 무서워하고 싫어하는 애들이 많은데 나는 워낙 친근하게 벌레를 접하고 살아서 아무렇지도 않다. 그런데 쥐라니……. 쥐가 들어온 적은 없었는데……. 아무리 1층이라고 하지만 쥐가 들어오다니…….

"태경아!"

다시 엄마였다.

"침착해! 쥐가 너한테 무슨 나쁜 짓을 하지는 않았잖아? 안으로 들어오려고 하지도 않았고."

"그래도, 엄마! 쥐라고. 쥐!"

"알아! 네가 쥐를 싫어하는 거."

"싫어하는 게 아니라, 증오해! 혐오한다고!"

"그래, 그래! 그래도 그 작은 쥐는 실수로 거기에 들어왔어. 너를 놀라게 하려고 온 게 아니야."

엄마는 차분하게 나를 달래려고 했다.

"작은 쥐는 살려고, 다시 밖으로 나가려고 하는 걸 거야. 그러니 그냥 둬. 가만히 있으면 너한테 아무런 해를 끼치지 않아. 그냥 나갈지도 모르고."

"쥐라니까. 엄마!"

나는 그저 '쥐'라는 말만 반복했다.

"알아! 엄마도 안다고."

엄마는 나를 차분하게 설득하려는 노력을 포기했다.

"쥐가 그렇게 싫으면 그냥 네 방으로 들어가."

엄마가 단호하게 말했다.

나도 그러고 싶지만 그럴 수 없었다. 혹시라도 안으로 들어올지도 모른다는 걱정 때문이었다.

"그러다 쥐가 안에까지 들어오면 어떡해?"

"그럴 일은 없으니까 걱정 마."

나도 걱정을 안 하고 싶지만 걱정을 안 하고 싶다고 해서 걱정이 사라지는 게 아니어서 문제였다.

"엄마와 아빠는 볼일이 끝나야 가. 그때까지는 너 혼자 있어야 돼."

엄마는 차갑게 선언하고 전화를 끊어 버렸다.

엄마는 한없이 따뜻하지만, 이럴 때 보면 아빠보다 훨씬 냉정했다. 엄마 성정을 알기에 나는 다시 전화를 걸지는 않았다. 다른 수는 없었다. 엄마와 아빠가 돌아올 때까지 그냥 버텨야만 했다.

시간이 굼벵이처럼 기어갔다. 억지로 TV를 보았지만 조금도 재미있지 않았다. 프로그램에 나온 사람들은 웃고 난리였다. 쥐가 나타나기 전까지 나는 TV 속 사람들과 결이 같은 공간에 있었지만, 지금은 결이 완전히 다른 공간으로 분리되었다. 나와 다른 세상은 웃음이 넘쳐나는데 내가 사는 세상은 공포만 넘쳐났다. 저 작은 침입자가 내 평화를 무참히 깨뜨렸다. 쥐가 나타나기 전까지 나는 천국에 있었는데, 쥐가 나를 지옥으로 떨어뜨렸다.

얼마나 시간이 지났을까? 베란다를 다시 봤다. 쥐가 움직이지 않았다. 베란다 창문 틈에서 가만히 있었다.

'왜 안 움직이지?'

싫었지만, 가까이 가기 싫었지만, 무슨 일이 벌어졌는지 알기 위해 창문으로 다가갔다. 자세히 봤다. 전혀 움직이지 않았다. 약간 희끗한 색도 보였다. 죽었다. 쥐가 죽었다. 왜 죽었는지 모르지만 죽었다. 쥐가 죽었으니 안심이 되어야 하는데 기분은 전혀 나아지지 않았다. 쥐는 죽어도 무섭고 더러웠다. 그나마 안으로 들어올 걱정은 없어져서 불안 하나는 사라져서 다행이었다.

다시 소파에 앉았다. 혹시나 다시 살아서 움직일까 봐 계속 살폈지 만 죽은 쥐는 꼼짝도 안 했다. 나는 소파에 앉아서 꼼짝도 않은 채 엄마 와 아빠가 들어올 때까지 그대로 있었다. 오후 3시가 되어서야 아빠가 돌아왔다. 아빠는 장갑을 끼더니 아무렇지 않게 쥐를 치웠다. 내가 쥐 가 다닌 곳을 세세히 설명하자 세제로 깨끗이 씻어 냈다. 아빠는 청소 를 하면서 쥐가 들어올 만한 곳이 어디인지 찾았지만 실패했다. 그 작 은 쥐가 도대체 어디로 들어왔는지는 끝까지 밝혀지지 않았다.

내가 다시 베란다로 나간 것은 쥐가 죽고 열흘이 지난 뒤였다.

2부

불타는 교실

그냥 하던 대로 했을 뿐이에요
그런 일이 벌어질 줄 알았나요
딱히 나쁜 뜻은 없었어요
그리고
어제는 내일에 또 나타났다

1
구독과 좋아요, 부탁합니다

: 신규민 :

숙제를 끝낸다. 내일 할 숙제는 또 오겠지만 일단 오늘 할 숙제는 끝이다. 확인을 받는다. 통과다.

내 손에 선물이 온다.

스마트폰!

아버지는 스마트폰을 딱 이 시간에만 쓰게 허락했다.

지문인식!

다른 시간에 만지다가 걸리면 아예 못 쓰게 되기에 나는 정해진 규칙을 지켜 왔다.

비밀번호!

까만 화면에 밝은 빛이 들어오고, 드디어 내 삶에도 빛이 들어왔다.

이제 내 시간이다.

유튜브를 켰다. 추천 영상이 떴다. 빠르게 훑었는데 추천 영상이 오늘따라 내키지 않았다. 빠르게 화면을 아래로 내렸다. 내리고, 내리고, 또 내렸다. 그러다 아무거나 툭 눌렀다. 조회수가 5, 좋아요와 싫어요를 누른 사람이 아무도 없는 영상이었다. 구독자도 없고 댓글도 없었다. 영상은 예상대로 재미가 없었다. 앞쪽만 잠깐 보다가 그만두었다. 좋아요는 누르지 않았다. 다른 영상으로 옮겨 가려다 그냥 댓글을 달았다.

     ↳ [god91mini] 관심 1+ 남겨요.

새로운 영상을 찾아 다시 화면을 내리고, 내리고 내렸다. 다시 아무거나 툭 눌렀다. 조회수 11, 좋아요 0, 싫어요 1, 구독자 0인 영상이었다. 재미도 없는데 성의도 전혀 없는 영상이었다. 싫어요를 누르고 싶었지만 불쌍해서 좋아요를 눌렀다. 댓글도 하나 달아 주었다.

     ↳ [god91mini] ㅠㅠ도 ^^도 없는 -.-; 마음에 평화를?

다시 화면을 내리고, 내리고, 또 내렸다. 아무거나 영상을 골라서 잠깐 보다가 좋아요를 누르고, 떠오르는 대로 댓글을 달고, 옮겨가기를 거듭했다. 그러다 갑자기 익숙한 목소리가 영상에서 흘러나왔다. 바로 김진태였다. 올린 지 사흘이 지났는데 조회수 2, 좋아요 0, 싫어요 0, 구독자 0이었다. 댓글도 없었다.

　영상에서 김진태는 값비싼 물건을 보여 주며 자랑을 했다. 전학 온 첫날 보여 주었던 볼펜을 비롯해, 가방, 지갑 등 자기 소지품이 얼마나 비싼지 자랑질을 했다. 저런 허접한 물건들을 비싼 물건이라고 자랑을 하다니, 헛웃음이 나왔다. 유튜브에는 입이 찢어질 만큼 비싼 물건들을 자랑하는 영상이 수없이 많다. 세상에 저렇게 비싼 물건이 있나 싶을 만큼 허세 쩌는 물건도 많다. 돈이 많다는 자랑이야말로 유튜브에서 하기 좋다. 영상을 보며 비난하는 사람도 많지만, 비난하면서도 속으로는 부러움으로 가득하리라는 게 내 생각이다. 청소년들이 올린 영상 중에서도 비싼 물건 자랑하는 게 꽤 되는데, 김진태의 물건과는 수준이 다르다. 불쌍한 김진태! 저 관종은 자기 처지를 정말 모르는 듯했다. 관심 좀 끌어모으려고 올린 영상이겠지만 싫어요조차 누르기 싫은 영상이었다.

　화면을 아래로 내려보니 김진태가 찍어서 올린 영상이 꽤 많았다. 김진태는 감각은 없는데 성실하기는 했다. 특히 비싼 옷이라며 자랑하는 영상은 불쌍해 보이기까지 했다. 싸구려 옷을 비싸다고 자랑하는 꼴이라니……. 자랑하고 싶고 관심받고 싶은 마음은 확실한데, 능력은 안 되는 김진태였다.

　엄마 화장대를 몰래 찍은 영상도 있었다. 화장대를 비추며 엄청 비싼 화장품이 많은 듯 자랑했지만, 화장품은 평범했다. 분신술을 쓰듯이 화장하는 영상을 많이 본 나는 어쩌다 보니 화장품에 대해 조금 많이 알게 됐는데, 김진태는 화장품에 대해서는 아는 게 거의 없었다. 그냥 '와, 비싸 보이죠? 이건 값비싼 겁니다. 빨간색이네요.' 하는 말밖에 못 했다. 심지어 '이걸로 떡칠을 하죠. 비싼 화장품을 쓰지만 원판이 어디 가나요.' 하면서 엄마를 까는 말까지 했다.

요리하는 엄마를 몰래 찍다가 야단맞는 영상, 이상한 춤을 추는 영상, 제멋대로 기사를 바꿔 부르는 영상 등 관심을 끌기 위해 애쓴 흔적들이 줄줄이 이어졌다. 그리고 모든 영상은 조회수가 2였고, 좋아요, 싫어요, 댓글은 0이었다. 더는 보기 싫었다. 불쌍한 관종짓을 더는 쳐다보기 싫었다. 그러다 실수로 이미 봤던 영상을 다시 눌렀는데, 거기에 댓글이 하나 달려 있었다. 조금 전까지 달려 있지 않던 댓글이었다. 조회수도 1이 올라가고 좋아요도 1이었다. 도대체 누가 이런 데 댓글을 달았을까? 아이디에 쓰인 91이란 숫자는 나에게도 있기에 더욱 호기심이 일었다.

> ↳ [earthstar91] 지구는 평평하다. 지구 가운데 북극이 자리잡고 각 대륙이 그 둘레를 감싸고 있으며, 가장자리는 소위 남극대륙이라고 부르는 얼음 장벽이 있어서 바닷물이 절벽 아래로 떨어지는 걸 막아 준다. 아폴로 우주선은 달에 간 적이 없다. 태양과 달은 지구를 중심으로 돌고 별은 이 거대한 실험실을 관리하는 실험자가 붙여 놓은 전등불일 뿐이다. 우리는 실험체다. 미국 정부는 이걸

잘 안다. 그래서 계속 숨기려 든다. 이제 인류는 이 비밀을 알아야 한다.

익숙한 내용이었다. 한때 유튜브에서 이런 주장을 하는 영상을 보고 놀라서, 관련 영상을 여러 번 찾아본 적도 있다. 물론 지구는 둥글다. 지구평평설은 말도 안 되는 주장이다. 문장을 보니 복사해서 붙인 글이 분명했다. 아무 곳이나 돌아다니며 똑같은 댓글을 붙이고 바로 떠나 버리는 떠돌이들을 많이 보았기에 그러려니 하고 넘어가려다 댓글 끝에서 줄 바꾸기를 몇 번이나 한 뒤에 붙은 마지막 글을 보고 멈칫했다.

'From 지성91 To 진태'

지성91이라는 이름을 보니 'earthstar91'이 누군지 알 듯했다. 바로 지성규였다. 지성규는 1반인데 외계인 납치설, 미국 정부 음모설, 지구 평평설 따위를 주장하고 다니는 놈으로 유명하다. 어떤 애들이 지성규와 논쟁을 벌이는 광경을 두어 번 본 적이 있는데, 아무리 타당한 근거를 대도 지성규는 받아들이지 않았다. 댓글을 보니 슬며시 웃음이 나왔다. 이곳저곳 돌아다니며 똑같은 문장을 붙여 넣기 하는 지성규가 떠올랐다. 댓글 달기를 눌렀다. 지성규를 설득할 생각은 없었다. 재미난 영상을 못 만나 심심했기에 장난을 치고 싶었을 뿐이었다.

    ㄴ [god91mini] earthstar91님, 비행기 한 번도 안 타 보셨죠? 방구석에만 처박혀

있지 말고 비행기 타고 여행이라도 해 보세요.

나는 예의를 갖추는 척하는 댓글을 달았다. 혹시 몰라 조금 기다리니 곧바로 댓글이 이어졌다.

⌙ [earthstar91] 비행기 타 봤음. 둥근 지구 어디? 땅은 평평함.

⌙ [god91mini] ㅋㅋㅋ. 낮게 나는 비행기만 타 봤나 보네요. 높이 나는 비행기 타 보면 둥근 지구가 보입니다. 저는 여러 번 봤는데? earthstar91님, 불쌍하게 낮게 나는 비행기만 타지 말고 높게 나는 비행기도 타 보세요.

⌙ [earthstar91] 내가 해외 가는 비행기 타면서 혹시 몰라 땅을 살펴봤지만 둥근 지구는 못 봤음. 둥근 지구를 봤다고? 거짓말! 거짓말!! 거짓말!!! 역시, 지구가 둥글다고 하는 사람들은 거짓말을 밥 먹듯이 해.

⌙ [god91mini] ㅋㅋㅋ. 나 밥 안 먹는데. 빵만 먹음. '밥 먹듯이' 거짓말한다고? 그러니까 내가 거짓말을 한 번도 안 했다고 인정?

⌙ [earthstar91] 외국인? 아님 교포? Where do you live?

⌙ [god91mini] 오마이갓김치. 잉글리쉬뭥뜻인징모르게써용.

⌙ [earthstar91] who??????

⌙ [god91mini] 떠블유에이치오 국제보건기구라고? 드디어 국제보건기구가 지구가 평평하다는 미친 생각을 하는 바이러스 색출을 위해 출동출동출동!!!! 삐뽀삐뽀삐뽀!!!

내가 놀린다는 걸 뒤늦게 알아차린 지성규는 더는 댓글을 달지 않았다. 지성규는 아무리 봐도 멍청했다. 머리가 모자라지 않는 한 지구평평설이니, 외계인 실험체니 하는 이상한 음모론을 믿을 리가 없다. 아무튼, 모처럼 댓글로 놀려 대니 재미있었다. 그때 예상하지 못한 댓글이 달렸다.

> ㄴ [진태짱짱Tv] 관심 감사합니다. 앞으로 더 좋은 영상으로 찾아뵙겠습니다. 좋아요, 구독 꼭 부탁합니다.

김진태가 내 댓글 밑에 댓들을 단 것이다. 자기 영상과 아무런 관련도 없는 글로 댓글놀이를 했는데 관심이 감사하다면서, 좋아요와 구독을 부탁하는 꼴이 웃겼다. 잘하면 재미난 장난 거리가 생길 듯했다. 나는 친구들 몇 명에게 연락해서 댓글놀이를 하자고 제안했다. 이용주와 박상윤이 초대에 응했다. 용주와 상윤이는 놀기 좋아하고 종종 허세를 부리는 애들이다. 학교 일진 무리와도 가깝게 지내려고 애를 쓰는데 노력에 견줘 결과는 신통치 않았다.

내가 먼저 김진태가 옷 자랑질을 하는 영상 밑에 영상과는 아무런 상관이 없는 댓글을 달았다. 용주와 상윤이가 곧바로 댓글로 맞장구를 쳤다.

> ㄴ [god91mini] 학교에 짝짝이로 신발 신고 가기 어때?

└, [용주] 한쪽은 슬리퍼? 한쪽은 구두?

└, [상윤] ㅋㅋㅋ, 그렇게 교실에서 신고 다니면 웃길 듯.

김진태를 자극하는 댓글이었다. 그대로 하면 웃기고, 안 하면 그만이었다.

└, [god91mini] 뒤뚱뒤뚱. ㅋㅋㅋ

└, [상윤] 우린 모범생이잖아. 그건 못 하지. ㅎㅎ

└, [용주] 모범생, 그치, 우리가 모범생이긴 하지. 흠흠흠

└, [god91mini] 우리 같은 모범생이 어디 있냐? 쌤들 눈이 삐어서 못 알아보니 문제지.

└, [상윤] 특히 수학 눈이 삐었지.

└, [용주] 항문에, 항문에, 항문에 최고봉이 수학입니당. 알았습니꽈??? ㅋㅋㅋ. 항문에 일등이면 변비 아닌가? ㄸㄸㄸㄸ

└, [god91mini] 항문이 수학보다는 훠~~~얼씬 중요하지. 수학 없인 살아동~. 똥 못 싸면 주거. ㅠㅠ

└, [상윤] ㅋㅋㅋㅋㅋ 관종 새끼 급똥이랄 때 수학 얼굴 봤냐? 딱 급똥 신호 왔는데도 티도 못 낼 때 짓는 표정이었는데. ㅎㅎㅎ

└, [용주] 영~~~~~ 자~~세가 안 나왔지.

이쯤 되면 김진태도 우리가 누군지 알아차렸을 것이다. 모른다면

바보 인증이고.

    ㄴ [상윤] 한영자로 개그치냐? 용주 너, 아재 인증? 썰렁하당.

    ㄴ [god91mini] 수학이 수업하는데, 짝짝이 신고 몰래 돌아다니다 급똥이라고 소
       리 지르고 뒤뚱뒤뚱 뛰어가면 대박이긴 하겠당.

    ㄴ [상윤] 생각만 해도 웃기당.

    ㄴ [용주] 진짜 하면. ㅋㅋㅋ

김진태를 자극하는 댓글을 일부러 계속 달았다. 웬만큼 머리가 있는
애라면 이런 장난에 걸려들지 않겠지만, 김진태가 그동안 벌인 관종짓
을 떠올리면 충분히 우리 충돌질에 걸려들 가능성이 있다고 판단했다.

    ㄴ [god91mini] 그치만 누가 하겠어?

    ㄴ [상윤] 난 그럴 용기 없어.

    ㄴ [용주] 욜~~ 웬 겸손!!!??? 난 용기는 있지만, 모범생이라.

나는 이쯤에서 댓글을 잠깐 멈추자고 용주와 상윤이에게 따로 문자
를 보냈다. 둘은 내 뜻을 알아차리고 댓글을 멈췄다. 잠시 기다렸다.

    ㄴ [진태짱짱Tv] 많은 댓글과 관심 감사합니다. 앞으로 더 좋은 영상으로 찾아뵙
       겠습니다. 좋아요, 구독 꼭 부탁합니다.

김진태는 뻔한 댓글을 달고는 반응을 보이지 않았다. 다른 영상으로 가서 새로운 장난을 더 쳐야겠다고 마음먹고 용주와 상윤이에게 문자를 보내려는데, 갑자기 스마트폰 알람이 울렸다. 스마트폰 쓸 시간이 10분 남았다는 신호였다. 하루 내내 버그에 걸린 컴퓨터처럼 버벅거리며 지루하고 느리게 흐르던 시간이 내가 스마트폰을 쥔 뒤에는 초고속 인터넷보다 빠르게 달렸나 보다.

새로운 장난을 치기에는 시간이 모자랐다. 장난을 치고 싶은 충동이 일었지만, 마지막 남은 10분을 더 재미난 일에 쓰고 싶은 욕구가 충동을 억눌렀다. 때마침 내 취향에 맞는 영상이 보였다. 나는 눈도 거의 깜빡이지 않고 영상을 보았다. 시간이 모자라 모든 댓글을 읽을 수는 없기에 추천을 많이 받은 댓글만 읽었다. 좋아요를 모두 눌렀다. 2분 남았다. 마지막으로 직접 댓글을 달았다. 30초 남았다. 못 읽은 댓글을 마저 읽었다.

새벽 0시 59분.

이제 내 시간은 끝난다.

스마트폰은 이제 내 손을 떠나야 한다.

거실 구석에 내 스마트폰이 갇힐 감옥이 있다.

나는 스스로 걸어가 그 감옥에 스마트폰을 넣는다.

안녕, 내일까지 무사히 버티길.

방으로 돌아온다.

진한 커튼을 쳐 바깥 불빛을 모두 차단한다.

불을 끈다.

침대에 눕는다.

잠깐 어둠을 응시한다.

내 눈에 보이는 어둠, 이게 삶이다.

거대한 우주는 거의 다 텅 빈 공간이고, 어둠뿐이라고 한다.

삶도 우주와 같다. 빛은 조금이고 어둠이 대부분이다.

나는 스무 살까지만 살고 사라지고 싶다.

더 살아 봐야 재미가 없으니까.

어른들 사는 꼴을 보면 절대 그렇게 살고 싶지 않으니까.

눈을 감는다.

신은 믿지 않지만 그때만은 잠시 신을 찾는다.

나는 기도한다.

내일 아침 일어났을 때 지진이 일어났거나, 화산이 터졌거나, 외계인이 쳐들어왔기를…….

2
관심은 힘이 세다

: 신보라 :

어제 배운 츄크볼을 체육 시간에 했다. 선생님이 간단히 설명한 뒤에 나와 준형이가 앞에 나와서 자세히 알려 주었다. 준형이와 같이 시범도 보였는데 모든 시선이 나와 준형이에게 모아지니 무척 신났다. 여학생들끼리 시합을 할 때는 내가 보조심판도 보았다. 호루라기를 물고 반칙을 선언할 때는 내 지위가 아주 높아진 듯했다. 잘 못하는 애들에게는 방법을 설명해 주기도 했는데, 예전에는 예나나 현지가 하던 역할이었다. 츄크볼은 상대와 뒤섞여 경기를 하지만 직접 접촉을 하지 않기에, 격렬하지만 충돌이 일어나지 않는다. 그래서 여자들끼리 신나게 하기에 참 좋은 경기였다.

여자들 경기가 끝나고 남자들 경기가 이어졌다. 그런데 준형이가 보조심판으로 빠지니 짝이 안 맞았다. 한쪽은 일곱 명인데 한쪽은 여덟 명이었다.

"그냥 일곱 명, 여덟 명 해."

"쌤, 그건 불공평해요."

체육 선생님은 불공평이란 말이 나오자 인상을 찌푸렸다.

"그렇다고 누가 빠질 수도 없잖아."

"일단 빠졌다가 교체를 하죠."

"그래. 그렇다면 누가 먼저……."

체육 선생님 말이 끝나기도 전에 거의 모든 시선이 한 명으로 모아졌다.

"네가 김진태지? 전학생!"

"네."

언제나 주위 시선 따위는 아랑곳하지 않던 김진태였는데, 그때는 무척 기죽어 보였다. 모든 남자애들이 자신을 싫어한다는 선언이나 마찬가지인 상황은 관종도 견디기 힘든 모양이었다. 옛날 같으면 모두들 몸이 약한 김기주를 지목했을 텐데, 김기주에게도 밀렸으니 남자애들이 김진태를 얼마나 싫어하는지 알 만했다.

"먼저 빠져도 괜찮니?"

거기서 안 된다고 말하기는 힘들었다. 김진태는 어쩔 수 없이 일단 경기에서 빠졌다.

남자들이 두 편으로 나누어 츄크볼 경기를 했는데, 아주 박진감이 넘쳤다. 여자들도 두 편으로 나누어 응원했다. 경기는 팽팽했고, 응원까지 하니 더 재미있었다. 몸이 약해서 운동이라면 제대로 못 하던 김기주마저 꽤나 즐겁게 뛰어다녔다. 경기가 워낙 팽팽했고, 모두 경기에 깊이 몰입하느라 김진태가 경기에 빠졌다는 사실을 잊어 버렸다. 심지어 선생님조차 끝날 때까지 김진태 쪽은 쳐다보지도 않았다. 나도 공이 있는 쪽이 아니라 준형이 쪽을 보려고 한눈을 팔지 않았다면, 김진태가 쓸쓸하게 앉아 있는 모습을 못 봤을 것이다. 두 손으로 얼굴 아래를 감싸쥔 채 보일 듯 말 듯한 눈으로 경기를 힐끗힐끗 보는 김진태는 무척 불쌍해 보였다. 관종짓을 일삼으며 뻔뻔하게 굴던 여느 때 김진태가 아니었다. 여자들뿐 아니라 남자들도 다들 김진태를 싫어해서 같이 어울리려 하지 않았다. 하기는 아무 때나 엉뚱한 짓을 벌이는 관종과 가까이 지내고 싶은 사람이 누가 있겠는가?

김진태는 참 멍청하다. 관심받고 싶다면 불쾌감을 주면 안 된다. 나서지 않으면 관심받지 못하지만, 그렇다고 나대면 안 된다. 관심을 받고 싶은 대상이 거북하게 느끼면 나대는 것이 된다. 나서면서도 나대지 않는 절묘한 균형이 관심받는 가장 좋은 길이다. 나도 아직 그 균형을 잡으려면 어떻게 해야 하는지는 잘 모른다. 그렇지만 균형을 잘 찾아야 한다는 점만은 명확히 안다. 김진태는 그마저도 모르는 게 확실했다.

츄크볼 경기가 끝나자 애들은 서로 즐겁게 이야기를 나누었다. 아깝게 점수를 놓쳤을 때, 어처구니없는 실수를 저질렀을 때, 멋지게 점수를 얻었을 때 등을 입에 올리며 웃음이 끊이지 않았다. 애들 반응이 좋으니 선생님도 무척 즐거워했다. 그러면서 나와 준형이에게 '아주 잘했다.'는 칭찬과 함께 상점도 듬뿍 주었다. 애들도 인정해 주고, 선생님도 나를 인정해 주었다. 꿈 같은 시간이었다. 나와 준형이는 둘이 같이 걸어가며 대화도 몇 마디 나누었다. 어제보다 준형이와 더 가까워진 듯해서 가슴이 벅찼다. 더할 나위 없이 즐거운 체육 시간이었다. 딱 한 사람만은 즐겁지 않았다. 그렇지만 행복에 푹 젖은 나는 김진태에 대한 연민 따위는 곧바로 잊어 버렸다.

다음은 수학 수업이었다. 한영자 선생님은 워낙 깐깐하게 굴기에 조심해야 했다. 한영자 선생님이 들어오자 우리는 바른 자세로 앉아 잔뜩 긴장했다. 아주 작은 실수도 찾아내어 트집을 잡고 매섭게 야단을 치기 때문에 신병교육대 병사처럼 꿈쩍도 안 했다. 반장인 김의찬이 일어나서 단체 인사를 시켰다. 질서정연하고 딱 맞는 인사였다.

"조금 나아졌네."

한영자 선생님은 심드렁하게 말하고 수업에 들어갔다.

한영자 선생님이 가르친 대목은 학원에서 이미 배워서 재미가 없기도 했지만, 가르치는 방식도 고리타분해서 무척 지루하게 들렸다. 야단을 칠 때와 달리 가르칠 때 목소리는 낮은 음에 변화도 없어서 졸음에 빠지기 딱 좋았다. 졸리지만 함부로 졸아서는 안 된다. 만약 졸다가 들키면 먼저 분필 조각이 날아든다. 그러고는 자리에서 일어나 선 채로 강력한 독설을 얻어맞아야 한다. 웬만큼 정신력이 강한 사람도 스스로를 쓰레기라고 여기게 만들 만큼 무서운 독설이다. 졸다가 한영자 선생님에게 걸리고 싶지는 않았다.

그렇지만 졸음을 쫓아내려고 별짓을 다했는데도 졸음은 무섭게 밀려왔다. 아무래도 체육 시간에 무리한 듯했다. 체육 시간에 지나치게 에너지를 많이 쏟아 냈다. 교실을 둘러보니 나뿐 아니라 다른 애들도 마찬가지였다. 다들 졸음과 사투를 벌이고 있었다. 이러다 누구 한 명이 아닌 반 전체가 걸려서 안 그래도 우리 반 전체를 못마땅하게 여기는 한영자 선생님에게 제대로 찍혀 버릴 듯했다. 차라리 아무나 한 명이 걸려서 야단을 맞는 게 나을 듯했다. 다리를 꼬집고, 눈에 잔뜩 힘을 주는데도 눈이 감겼다. 이러다 내가 그 한 명이 될지도 모른다는 걱정이 들었지만, 밀려드는 졸음을 물리치기에는 방어 에너지가 모자랐다. 내 의지는 사라졌고, 잠은 점점 내 몸을 지배해 갔다.

딸깍.

소리가 들렸다. 낯선 소리였다.

찌익.

꿈인가? 벌써 내가 잠이 들었나?

딸깍.

꿈이 아니었다. 소리가 들리는 곳은 꿈 바깥이었다.

찌익.

눈을 떴다. 소리가 나는 곳을 찾았다.

딸깍.

한영자 선생님이 칠판을 보면서 설명하는데, 통로로 한 명이 일어서서 슬금슬금 걸어다니고 있었다.

찌익.

김진태였다. 졸음과 사투를 벌이던 애들은 김진태를 보며 잠에서 깨어난 듯했다.

크크크.

아주 작은 웃음이 들렸다. 크게 터지려는 웃음을 꾹 눌렀음에도 밖으로 비집고 나온 웃음이었다. 애들이 도대체 왜 웃을까? 김진태가 몰래 걷는다고 웃음이 날만한 상황은 아닌데…….

크크크.

이곳저곳에서 터지려는 웃음을 꾹꾹 참는 애들이 점점 늘었다. 그러다 몇몇 애들이 손가락으로 가리키는 모습이 보였다. 손가락 끝을 따라가다 갑자기 나도 모르게 웃음이 터지려고 했다. 한쪽에는 남자 어른 구두를, 한쪽에는 여성용 슬리퍼를 신었기 때문이다. 구두가 상당히 컸다. 구두를 신은 발을 옮겨 밟을 때마다 '딸각' 소리가 났다. 여성용 슬리퍼도 꽤나 커서 질질 끌렸다. 자신에게 시선이 모이는 걸 확인한 김진태는 걸을 때마다 기묘한 동작까지 곁들였다. 한영자 선생님은 몸을 칠판으로 향하며 지루한 설명만 이어갔다. 그 사이에 웃음은 교실 구석구석으로 번져 갔고, 드디어 한영자 선생님도 뭔가 이상한 낌새를 알아차린 듯했다.

한영자 선생님이 몸을 휙 돌리는 때에 맞춰 김진태가 소리를 질렀다.

"선생님!"

때를 정확히 맞췄고, 워낙 목소리가 컸기에 한영자 선생님은 다른 곳을 살피지 못하고 김진태만 바라볼 수밖에 없었다.

"뭐니?"

시퍼렇게 날이 선 목소리였다.

"너는……."

목소리에서는 사나운 기운이 삽시간에 지워졌다. 미간에 주름도 잡혔다. 그럴 수밖에 없었다. 우리 교실에 온 첫 날, 김진태가 관종짓을 하며 한영자 선생님을 당황하게 했기 때문이다.

"수업하는데, 왜 서 있어?"

김진태가 엉덩이를 두 손으로 움켜잡았다. 설마! 또?

"제가 또 급똥이 와서."

"뭐?"

"급똥이라고요. 막 나오려고."

그때, 갑자기 미친 듯한 웃음이 터졌다. 내 짝꿍인 신규민이었다. 신규민은 책상을 두들기며 미친 듯이 웃었다. 신규민 앞뒤로 앉은 이용주와 박상윤도 곧바로 교실이 떠나가라 웃었다. 한번 큰 웃음이 터지자 교실은 걷잡을 수 없는 웃음 폭풍으로 휘말려 들어갔다. 나도 참았던 웃음을 마음껏 터트리며, 그 어느 때보다 크게 웃었다.

"저, 급하다고요."

그 와중에도 김진태는 엉덩이를 두 손으로 움켜쥐고 펄쩍펄쩍 뛰었다. 웃음 폭풍은 더 맹렬해졌다.

"그만! 그만!"

한영자 선생님이 그만두라고 교탁을 두드리며 소리를 질렀지만, 웃음을 잠재우기에는 역부족이었다.

"김진태, 너 빨리 화장실 가!"

한영자 선생님이 손을 휘적휘적 저었다.

"네! 네! 네!"

김진태는 엉덩이를 두 손으로 움켜쥐고 교문 쪽으로 뛰었다. 그런데 한 발에는 구두, 한 발에는 슬리퍼를 신었기에 몸이 좌우로 뒤뚱거렸다. 지켜보는 우리들은 더 격렬하게 웃었다. 하도 웃어서 배가 아플 지경이었다. 그때 웃음 폭풍 사이로 규민이가 하는 말이 또렷하게 들렸다.

"저, 관종 새끼, 하란다고 진짜 하다니."

그 말을 듣자 내 안에서 뛰놀던 웃음이 삽시간에 사라져 버렸다. 아직 크게 웃는 애들이 많았지만, 나는 더이상 이런 상황이 웃기지 않았다. 앞에 앉은 용주는 규민이를 돌아보며 묘한 표정을 지었고, 뒤에 앉은 상윤이는 규민이 등을 장난스럽게 두드리며 엄지를 치켜세웠다. 신규민 혼자서 꾸민 짓이 아니었다. 어떻게 했는지 모르지만 저 셋이 어떤 수를 써서 김진태를 움직인 듯했다.

"조용히 해! 조용히 해! 그만!"

웃음이 조금씩 잦아들자 한영자 선생님이 교탁을 치며 소리를 질렀다. 그제야 웃음이 모두 사라졌다. 한영자 선생님은 어깨를 들썩이며 교실 곳곳을 감시자처럼 훑었다. 우리는 마치 아무 일도 없었다는 듯이, 분필 가루만한 트집도 잡히지 않겠다는 각오로 바른 자세를 잡았다. 한영자 선생님은 무슨 말인지 하려고 입을 씰룩거리다가 그만두고 다시 수업에 들어갔다. 더는 졸리지 않았다. 한영자 선생님이 감시를 심하게 하며 남은 수업을 마무리했다. 김진태는 수업이 끝날 즈음에 들어왔고, 한영자 선생님은 김진태를 보고도 아무 지적을 하지 않았다. 반장이 마무리 인사를 하려고 했지만, 받는 척도 안 하고 그냥 나가 버렸다.

한영자 선생님이 나가자 교실은 다시 웃음바다가 되었다. 점심을 먹으러 가기 전까지 웃음은 끊이지 않았다. 그러나 그 웃음을 만들어 준 김진태에게는 아무도 말을 걸지 않았다. 심지어 김진태란 이름을 입에 올리는 이도 없었다. 그러면서도 다 같이 웃었다. 김진태는 상기한 표정을 애써 감추며 자기 자리에 가만히 앉아 있었다.

수업이 끝나고 집으로 가는데, 우리 반 단체대화방이 폭발했다. 거의 모든 애들이 들어와서 수학 시간에 벌어진 일을 화제로 삼았다. 다같이 신나게 한영자 선생님을 깠고, 김진태가 얼마나 웃겼는지 떠들어 댔다. 다른 대화방은 조용했고, SNS에도 아무런 움직임이 없을 정도로 모두 반 단체대화방에서 놀았다. 나도 분위기에 맞춰 글을 남기고, 그림말을 올렸다. 단체대화방에 있는 애들이 모조리 떠들어 댔다. 심지어 평소에 조용하기만 하던 김기주와 최유빈까지 글을 달 정도였다. 그동안 한영자 선생님은 우리 반을 심하게 깎아내렸고, 그만큼 우리 반 애들은 모두 한영자 선생님에게 강한 반감을 품고 있었다.

단체대화방이 폭발했지만, 김진태는 어떤 말도 대화방에 남기지 않았다. 그럴 수밖에 없었다. 우리 반 단체대화방에 김진태는 없기 때문이다. 아무도 초대를 안 했고, 초대하려고 하지도 않았다. 다들 학원에 가면서 대화가 줄어들었는데 그때까지도 분위기는 뜨거웠다. 그러다 밤11시가 되었을 때 동영상이 한 편 올라왔다.

동영상을 눌렀다.

〈진태짱짱Tv〉란 자막이 떴다. 김진태 얼굴이 나왔다.

"〈진태짱짱Tv〉입니다. 동영상을 보기 전에 좋아요와 구독 부탁, 부탁, 부탁해요. 오늘은 아주 특별한 일을 할 텐데요. 이걸 보세요."

김진태는 큰 구두와 슬리퍼를 보여 줬다. 수학 시간에 김진태가 사용했던 구두와 슬리퍼였다.

"이 구두는 아빠가 아주 비~~~ 싸게 주고 산 겁니다. 한번 신어 보겠습니다."

김진태는 오른 신발을 신었다. 발이 신발에 쏙 들어갔는데 발뒤꿈치와 신발 뒤축 사이가 엄지손톱만큼 비었다.

"아직은 신발이 제 발보다 큽니다. 우리 아빠 발 커요. 발 큰 사람이 돈도 많이 법니다."

그러고는 분홍 슬리퍼를 신었다. 역시 슬리퍼도 발보다 훨씬 컸다.

"엄마 슬리퍼를 신으려고 했지만, 작아서 일부러 아주 큰 슬리퍼를 샀습니다. 돈 많이 썼어요. 여러분!"

김진태는 슬리퍼를 신은 발과 구두를 신은 발을 나란히 찍어서 보여 주었다.

"자, 이걸로 제가 무엇을 할 거냐? 궁금하시죠. 궁금하면 좋아요와 구독 부탁합니다."

김진태는 귀여운 척하는 표정을 지었다.

"자, 이제, 잠시 뒤 멋진 모험이 펼쳐집니다."

화면이 교실로 바뀌었다.

"지금, 한영자 수업. 갑니다."

기어들어 가는 목소리여서 잘 안 들렸는데, 자막으로 써 줘서 겨우 알아들었다.

화면이 크게 흔들리더니 까맣게 변했다. 까만 화면에 소리가 들리고, 자막에는 진태짱짱과 한영자 선생님이 말하는 내용이 번갈아가며 떴다.

      ↳ 한영자 "수업하는데, 왜 서 있어?"

      ↳ 진태짱짱 "제가 또 급똥이 와서."

      ↳ 한영자 "뭐?"

    ㄴ 진태짱짱 "급똥이라고요. 막 나오려고."

    ㄴ 진태짱짱 "저, 급하다고요."

    ㄴ 한영자 "그만! 그만!"

    ㄴ 한영자 "김진태, 너 빨리 화장실 가!"

    ㄴ 진태짱짱 "네! 네! 네!"

딸깍거리는 소리가 나더니 웃음소리가 까만 배경 화면 위로 가득 번졌다.

이어서 복도가 나오고, 구두와 슬리퍼가 왔다 갔다 하며 움직이는 화면이 이어졌다.

"저는 지금 급똥을 해결하려고 화장실로 가는 중입니다."

화장실이 보였다. 설마, 화장실까지는 아니겠지?

다행히도 김진태는 화장실 앞에서 멈췄다. 마지막으로 자기 얼굴을 비추고 손으로 V자를 만들며 환하게 웃는 척했다.

"오늘, 진태짱짱이 펼친 모험을 재미있게 보셨나요? 재미있게 보셨다면 좋아요와 구독 부탁합니다."

그리고는 김진태가 구두와 슬리퍼를 들어서 보여 주는 걸로 영상이 끝났다.

영상을 보는 내내 나는 낮에 벌어진 사건이 생각나서 웃었다. 못 말리는 관종이라고도 비웃었다. 영상을 다 본 뒤에 좋아요도 구독도 누르지 않았다. 김진태가 만든 영상에 내 흔적을 남기고 싶지는 않았다.

다른 애들도 마찬가지였다. 좋아요와 구독은 한참이 지나도록 그냥 0이었다. 다만 조회수만 빠르게 올라갔다. 영상을 보고 난 뒤에 반 단체 대화방은 다시 활기를 띠었다. 김진태 얘기는 별로 없었다. 거의 다 한영자 선생님을 까는 말들이었다. 12시가 넘도록 단체대화방은 활기를 띠었다. 나는 대충 분위기를 봐서 단체대화방에서 나왔다. 혹시나 하는 마음으로 유튜브를 열고 영상을 다시 확인했는데, 조회수는 크게 변화가 없었고 좋아요와 구독도 여전히 0이었다. 그런데 댓글은 아주 길게 이어져 있었다.

댓글을 단 아이디는 god91mini, 용주, 상윤이었다. 용주와 상윤은 우리반 이용주와 박상윤이었다. god91mini은 누군지 잠깐 헷갈렸지만 곧이어 신규민임을 알아차렸다. 그 셋은 영상과는 아무 상관도 없는 대화를 자기들끼리 나누었다. 서로 말장난을 치고, 아무 의미 없는 기호들을 주고받았다. 그런 댓글이 수백 개가 넘었다. 철저히 김진태는 무시한 채 자기들끼리만 벌이는 댓글놀이였다. 새벽 한 시가 되자 댓글은 멈췄다. 그리고 이제까지 달리던 댓글과는 다른 댓글이 마지막에 달렸다.

  ㄴ, [진태짱짱Tv] 많은 댓글과 관심 감사합니다. 오늘 영상은 아주 재미있었죠? 앞으로 더 좋은 영상으로 찾아뵙겠습니다. 좋아요, 구독 꼭! 꼭! 꼭! 부탁합니다.

다른 애들이 남긴 수백 개 넘는 댓글에는 빠짐없이 '좋아요♥'가 하나씩 눌려 있었다. 김진태가 하나씩 전부 누른 듯했다. 입맛이 씁쓸했다. 김진태 마음이 어떨지 어렴풋이 어림이 갔기 때문이다. 그렇지만 나는 댓글을 달지도, 좋아요를 누르지도 않고 빠져나왔다.

그 뒤로 수학 수업 때면 김진태는 그와 비슷한 장난을 쳤다. 그러면 우리는 웃고, 한영자 선생님은 당황하고, 저녁이 되면 영상이 올라오고, 우리 반 단체대화방은 그 영상을 소재로 하며 즐거워했다. 그렇지만 비슷한 일이 거듭되니 다들 심드렁해졌다. 한영자 선생님도 김진태가 장난을 치면 김진태는 내버려두고 반응을 보이는 다른 애들을 매섭게 야단쳤다. 그 바람에 김진태가 치는 장난은 아무런 반응을 얻지 못했다. 김진태가 올리는 영상도 더는 관심을 끌지 못했다.

그러던 어느 날, 단체대화방에 다시 〈진태짱짱Tv〉 영상이 올라왔다. 또다시 그렇고 그런 뻔한 장난을 찍은 영상인 줄 알았는데, 이번에는 결이 전혀 달랐다.
김진태는 마치 뉴스를 진행하는 아나운서처럼 자세를 잡았다. 마치 대단한 뉴스라도 전하려는 듯이 허세를 부렸다. 엄청난 비밀을 폭로한다는 말을 몇 번이나 하면서 시간을 질질 끌었다. 지루해져서 영상을 그만 보고 나오려고 할 때에야 김진태는 자신이 알아낸 비밀을 털어놓았다.

"〈진태짱짱Tv〉 구독자 여러분!"

그때까지도 구독자는 0이었다. 김진태가 부르는 구독자는 아무도 없었다.

"이제 그 비밀을 알려드립니다. 한영자 선생이 왜 우리 학교로 왔는지 아십니까?"

귀가 솔깃했다.
김진태는 잠깐 동안 말을 멈췄다.

"제가 아주 힘들게 그 이유를 알아냈는데요. 구독자 여러분! 몇 달 전에 한 여선생이 다른 학생들이 다 보는 복도에서 한 남학생 뺨을 때렸다고 해서 인터넷이 시끄러웠던 사건을 기억하시나요?"

인터넷뿐 아니라 우리 학교에서도 며칠 동안 크게 화제가 된 사건이었기에 잘 기억하고 있었다.

"바로 그 기사에 나온 여선생이 한영자입니다. 놀라셨나요? 솔직히 전 안 놀랐어요. 구독자 여러분도 겪어서 알겠지만 한영자가 하는 짓을 알잖아요? 학생들을 막 무시하고, 찍히면 대놓고 괴롭히고, 막말도 막하고. 지금 인터넷을 뒤져서 다시 한번 기사를 봐 보세요. 그 여선생 이니셜이 H죠? 한영자, 한, H! 빼박! 대박! 기사에 나온 짓도 딱!"

한영자 선생님이 평상시 보여 주는 모습을 고려하면 그럴듯했다.

"우리 학교에서만 그러겠어요? 그 전도 마찬가지였겠죠? 당연히 당하던 남학생 가운데 한 명이 대들었겠죠? 저도 대들잖아요. 거기도 저같은 독립투사가 있었겠죠? 그때 한영자가 뭐 했겠어요? 뺨을 때렸죠. 제가 대들어도 아무 말도 못 하잖아요? 야단도 안 치고. 그건 전에 당한 일이 있어서 못 하는 겁니다. 빼박! 딱! 맞죠?"

김진태는 단정지으며 말했다.

"한영자는 고소를 당했고, 징계받을 위기에 처했으나 피해자에게 큰돈을 주고, 학교를 옮기는 걸로 합의를 보고 우리 학교로 옮겨온 것입니다."

김진태는 박수를 치며 스스로 만족한 듯 고개를 끄덕였다.

"한영자, 그 정체를 우리가 알아야 합니다. 뺨을 때린 선생! 잊지 맙시다."

수상한 유튜버, 호기심을 팝니다

영상은 '잊지 맙시다.'란 말을 끝으로 끝났다.

영상을 보고 처음에는 꽤나 충격을 받았다. 한영자 선생님이라면 충분히 그럴 만하다고 생각했다. 그러다 영상을 다시 돌려보고는 의심이 들었다. 가만히 따져보니 김진태가 제시한 근거는 'H'라는 이니셜뿐이었다. 소문을 내보기도 하고, 소문을 전해 보기도 한 나로서는 김진태가 한 말이 가짜일 가능성이 높다는 생각이 강하게 들었다. 나뿐 아니라 다른 애들도 비슷한 생각일 것이다. 영상이 올라온 뒤 한동안 단체 대화방에 아무 말도 올라오지 않았다. 다들 영상을 보고 어떻게 반응해야 할지 고민하는 듯했다. 그때, 신규민이 글을 올렸다.

ㄴ [규민] 그럴 줄 알았어. 어쩐지 -.-

조금 뒤 이용주와 박상윤이 맞장구를 치는 글이 올라왔다. 그러면서 갑자기 김진태 말이 맞다는 쪽으로 흘러갔다. 나는 여전히 믿기지 않았지만 굳이 의문을 제기하지는 않았다. 그냥 대세에 따라갔다. 다른 애들도 마찬가지였다. 솔직히 한영자 선생님을 변호할 동기를 지닌 사람은 우리 반에 없었다. 그만큼 우리는 모두 한영자 선생님을 싫어했다. 한영자 선생님은 싫어할 만한 구색을 두루 갖춘 선생님이었다. 어차피 우리끼리 하는 욕이고, 우리끼리 나누는 대화방이니 문제될 것도 없었다.

그 뒤로 김진태는 하루에 한 편씩 한영자 선생님을 까는 영상을 올렸다. 늘 똑같은 형식이었다. 엄청난 비밀을 알아낸 듯이 떠벌리고 난 뒤에 자기 멋대로 추론한 이야기를 마치 사실인 듯이 주장했다. 갈수록 믿기 어려운 내용이었고, 근거도 허약했지만, 아무도 그걸 지적하지 않았다. 김진태가 막말을 쏟아 내는 영상을 보며 대리만족을 느꼈다. 진실이 무엇인지는 중요하지 않았다. 한영자 선생님은 학생들 모두에게 미움을 받는 대상이었기 때문이다. 여전히 아무도 좋아요도, 구독도 누르지 않았다. 신규민, 이용주, 박상윤만 내용과 아무 상관없는 댓글을 달며 놀 뿐이었다.

그런데 우리 반끼리만 보고 즐기던 영상을 어느 때부터 다른 반 애들도 와서 보았다. 조회수가 우리 반 숫자를 훌쩍 넘어갔다. 그러면서 좋아요도 늘고 구독자도 생겨났다. 댓글도 엄청나게 달렸다. 우리 반에서는 좋아요와 구독을 하지 않는 것이 묵계였는데 다른 반이 들어오면서 그 묵계가 깨져 버린 것이다.

김진태가 올린 영상에 한영자 선생님을 싫어하는 애들이 모조리 몰려와서 그동안 쌓인 불만과 화를 댓글로 쏟아 냈다. 그러면서 〈진태짱짱Tv〉는 우리 학교 2학년들이 가장 열광하며 보는 유튜브 영상이 되고 말았다.

유튜브에서는 인기가 폭발했지만 현실은 바뀌지 않았다. 김진태는 반에서 아무와도 어울리지 못했다. 다른 반 애들도 김진태를 피했다. 김진태가 벌인 관종짓은 이미 학교에서 유명했기에 어울리고 싶은 애들은 없었다. 한동안 체육 시간마다 츄크볼을 했는데, 남자들이 경기할 때는 여전히 김진태를 빼놓고 했다. 김진태도 굳이 끼려고 하지 않았다.

유튜브에서, 단체대화방에서 김진태는 관심을 가장 많이 받는 인기인이었지만, 현실에서는 아무도 관심을 두지 않는 척했다. 김진태도 그걸 잘 알았다. 나는 준형이와 사귀는 걸로 관심을 끌고 싶었지만, 잘 안 됐다. 준형이와 더 가까워질 기회도 안 생겼다. 뜻대로 안 되니 조금 답답했다.

3
대신 씹어드립니다

: 이진아 :

"손톱 예쁘네. 미주 네가 직접 했어?"

"설마 내가 했겠냐?"

"아, 맞다. 전에 엉망이었지?"

"가게 가서 한 거야?"

"아니, 진아가 해 줬어."

"와, 이게 진아 솜씨야?"

"대박!"

"장난 아니네. 야, 나도 해 주라."

"그냥 해 본건데, 뭘."

"빼지 말고."

"알았어. 이따가 해 줄게."

나는 진하영, 정미주, 신보라와 함께 미주 손톱을 만지면서 신나게 수다를 떨었다. 내 솜씨를 칭찬해 주니 쑥스럽다. 이런 칭찬은 낯선데.

"야, 야, 수학마녀 올 시간이다."

신보라가 교실 앞에 달린 시계를 힐끗 쳐다봤다.

"수학마녀께서 말씀하셨지."

정미주가 목소리를 가다듬었다.

"너희들 정신이 있는 거니, 없는 거니? 너희는 배울 자격이 없어. 자격이~."

정미주가 한영자 선생님 말투를 흉내냈는데, 제법 비슷해서 옆에서 듣던 애들까지 낄낄거리며 웃었다.

한영자 선생님은 자기가 교실에 들어왔을 때 모두가 제자리에 앉아서 수업을 들을 자세를 갖추고 있지 않으면, 배울 자격 운운하며 야단을 친다. 야단 수준이 그냥 듣고 넘기기 힘들 만큼 강해서 모두들 피하고 싶어 한다. 수학 시간만 되면 혹시라도 지적을 당해서 야단을 맞을까 봐 다들 긴장한다. 그래서 몇몇 애들은 한영자 선생님을 수학마녀라고 불렀다. 나도 한영자 선생님이 싫지만 굳이 그 호칭을 쓰고 싶지 않았다. 아무리 그래도 마녀라니.

다만 나는 한영자 선생님에게 걸리지 않기만 기도한다. 무사히 수학 시간이 지나가기를.

쉬는 시간이 1분쯤 남았지만 지레 겁을 먹고 얼른 자리로 돌아갔다.

가방에서 수학 교과서와 공책을 꺼냈다.

'뭐야? 왜 없지?'

가방에 꼭 있어야 할 인쇄물이 보이지 않았다. 그것은 한영자 선생님이 내 준 인쇄물로 집에서 해 오라고 내 준 숙제였다. 이러면 안 되는데…….

한영자 선생님은 숙제 검사를 아주 꼼꼼하게 한다. 숙제를 안 해 오면 수업 도중에도 혼을 내고, 끝나고 따로 불러서까지 심하게 괴롭힘을 당한다. 숙제라면 습관처럼 안 해 오던 애들조차 한영자 선생님에게 지독하게 당한 뒤로는 무서워서 웬만하면 다 해 온다. 나는 숙제를 잘 챙기는 편이긴 하지만, 혹시 몰라서 수학 숙제는 더 꼼꼼하게 챙겼다. 없는 걱정도 만들어서 하는 나이기에 실재하는 걱정을 마주하니 나름 대응을 잘했다. 걱정이 많은 됨됨이가 쓸데없지는 않았다. 그런 내가 실수를 할 리가 없는데.

'어제 밤에 분명히 챙겼는데…….'

가방 구석구석을 아무리 꼼꼼하게 살펴도 없었다. 큰일이었다. 약간 떠드는 소리가 들리던 교실이 갑자기 조용해졌다. 한영자 선생님이 들어온 모양이었다. 나는 재빨리 자세를 바로잡았지만, 손끝이 덜덜 떨렸다. 아무리 손끝에 힘을 주고 움켜쥐어도 떨림이 그치지 않았다. 가슴이 무섭게 뛰었다. 터질 듯이.

'어떡하지? 어떡하지?'

발을 동동 굴렀지만 해결할 길은 없었다. 무사히 지나가기를. 그냥 진도가 바빠서 검사 없이 바로 지나가길.

'제발! 제발! 제발!'

책상 아래로 손을 꼭 모으고 간절히 기도하고 또 기도했다. 그러나 내 기도는 효과가 없었다. 언제나 그렇듯.

"넌 대체 뭔 배짱이니? 아직도 선생님이 만만해 보이니?"

시퍼렇게 날이 선 창이 내 목을 겨눈 듯 무서웠다. 내 몸을 지탱하고 선 두 다리가 후들후들 떨렸다. 그대로 쓰러져 버릴까?

"선생님이 뭐랬어? 숙제는 약속이라고 했어 안 했어?"

'전 분명히 했단 말이에요.' 꼼꼼하게 다 했고, 잘 챙겼는데…….

"왜 대답을 안 해? 약속이라고 했어, 안 했어?"

교실이 쩌렁쩌렁 울렸다.

"했……."

내 대답 사이를 호통이 치고 들어왔다.

"그런데도 안 해 와? 약속은 신뢰야. 신뢰를 잃는 사람은 모두 잃는 거야. 알아?"

"네."

나는 죄인처럼 대답했다. 아니 죄인이었다. 나는 늘 죄인이다. 이 세상에 태어난 죄.

"가만!"

한영자 선생님이 갑자기 나에게 가까이 다가왔다.

"너, 고개 들어 봐."

천천히 고개를 들었다.

한영자 선생님이 바로 내 앞에서 나를 노려봤다. 먹이를 앞에 둔 하이에나 같은 눈.

"너, 전에 복도에서 인사도 안 했던 애잖아?"

설마! 그걸 아직도 기억한다고?

"맞지? 버릇없이 선생님을 보고도 인사를 안 했던."

나는 아니라고도, 그렇다고도 못 하고 부들부들 떨기만 했다. 이대로 심장이 멈춘다면 어떨까? 그래도 나를 다그칠까?

"역시 떡잎부터 노란 애였군."

한영자 선생님은 혀를 끌끌 차더니 휙 몸을 돌려서 교단으로 가 버렸다. 차라리 심하게 야단을 맞는 게 나았다. 혀를 차고 돌아서는 것은 나는 야단맞을 깜냥도 안 된다는 멸시를 담은 행위였다. 심한 모욕감에 입이 바짝바짝 말랐다. 교실이 사막 한복판 같았다. 오아시스도 없는 사막.

"뭐 해? 계속 서서 수업 방해할 거야?"

앉으란 소리도 안 해 놓고, 그냥 서 있었는데 수업 방해라니…….

나는 그대로 앉았다.

"너, 인사도 안 하고 앉니? 하여튼. 쯧쯧! 예의라고는……."

입술이 오래된 화장품처럼 쩍쩍 갈라졌다.

나는 다시 일어섰다. 그러고는 고개를 숙였다. 이게 인사일까? 이런 인사를 받고 싶을까?

"엎드려서 절 잘~ 받았다."

마지막까지 한영자 선생님은 나에게 모욕을 주었다. 끝없는 사막.

자리에 앉았다. 마녀 같아.

수학마녀는 아무렇지 않게 수업을 했다. 다들 내가 당한 꼴을 봤기 때문에 바른 자세로 나머지 시간을 버텼다. 시간이 어떻게 흘러갔는지 알 수 없었다. 수업이 끝나고 수학마녀가 사라진 뒤, 나는 자리에 엎드렸다. 친구들이 와서 위로해 주었지만 전혀 위로가 되지 않았다. 울지 않아야 하는데.

그 뒤로 나는 수학 숙제를 꼭 챙겼다. 조금이라도 트집을 잡히지 않으려고 수학 수업에 온 에너지를 다 쏟아부었다. 그러나 수학마녀는 그런 내 노력을 조금도 알아주지 않을 뿐 아니라, 나를 부를 때는 꼭 나를 모욕하는 수식어를 붙였다.

"숙제 안 해오는 진아가 읽어 보자."

"인사 안 하는 진아가 대답해 볼까?"

"예의도 신뢰도 없는 진아가 나와서 풀어 볼래?"

나는 수학마녀에게 찍힌 학생이었다. 아무리 노력해도 씻어 내지 못할 낙인이 내 이마에 찍혔다. 보이지 않지만 그 무엇보다 선명한 낙인이.

그렇게 수학마녀에게 괴롭힘을 당하며 지내던 어느 날이었다.

    ┗ [보라] 반 단체대화방에 올라온 영상 아직 못 봤어?

신보라가 우리끼리 대화방에 글을 올렸다.

    └ [진아] 뭔데?

나는 반 단체대화방에는 잘 들어가지 않는 편이다. 분위기를 파악하려고 가끔 들어가기는 하지만, 의미 없이 올라오는 글이나 사진을 보느라 시간을 낭비하고 싶지는 않았다. 더욱이 신보라가 권하는 거라면.

    └ [하영] 또 뻔한 거면, 벌금 100원!
    └ [보라] 아니라니까.
    └ [보라] 빨리 들어와 봐.
    └ [보라] 지금 난리 났어.

신보라야 워낙 별일도 아닌데 호들갑을 떠는 경우가 많아서 그러려니 했다. 그런데 조금 뒤 진하영이 돌아와서 내가 예상하지 못했던 반응을 보였다. 도대체 뭐지? 궁금증이 살짝 일었다.

    └ [하영] 왜!!! 대박! 어쩐지.
    └ [보라] 그치, 그치, 대박이지.
    └ [보라] 진아 넌 아직 안 봤나?
    └ [진아] 응.

└ [보라] 한번 보라니까.

　내가 시큰둥한 반응을 보이자 신보라는 유튜브 영상 주소를 복사해서 올려 주었다. 익숙한 얼굴이 보였다. 김진태였다. 김진태가 올린 영상을 보고 싶지 않았다. 관종이 관심 끌려고 올리는 영상에 관심을 주기 싫었다. 김진태가 수학 수업에서 장난을 친 영상이 애들 사이에서 한참 인기를 끌었는데, 나는 끝까지 안 봤다. 수업 시간에 김진태가 장난을 치는 순간에도 전혀 웃지 않았다. 혹시라도 웃었다가 수학마녀에게 더 찍힐까 봐 조심했다. 수학마녀도 김진태도 다 싫다. 벌레보다 못한 인간들.

└ [미주] 대박! 대박! 대박!
└ [미주] 진아야, 꼭 봐.
└ [미주] 네 속을 확 풀어 줄 거야.

　정미주까지 나서니 하는 수 없이 영상을 봤다. 수학마녀가 옛날 학교에서 학생 뺨을 때렸으며, 처벌을 받을 뻔했으나 합의를 보고 우리 학교로 옮겨 왔다는 주장이었다. 근거는 빈약했다. 설득력이 약한 추정이었다. 옛날 같았으면 전혀 받아들이지 않았을 주장이었다. 그러나 그때 나는 수학마녀에게 찍혀서 무척 고생하던 중이었기에 타당한 근거를 따질 여력이 없었다. 전 학교에서 학생 뺨을 때리고 옮겨온 교사라는 주장은 나를 위로해 주었다. 나를 핍박하는 선생님이 못된 교사라면, 나는 나쁜 학생이 아니라 착한 학생이 되기 때문이다. 모멸감으로 무너진 자존감이 조금은 회복되는 기분이 들었다. 나는 깊이 생각하지 않았다. 곧바로 우리끼리 대화방에 돌아와 수학마녀를 까는 글을 올렸다. 반 단체대화방에도 글을 남겼다. 실컷 수학마녀를 까고 나니 속이 확 풀렸다. 오랫동안 막혔던 체기가 뚫린 듯했다. 아, 시원해! 모처럼 맛보는 상쾌함.

그 뒤로 김진태는 잇달아 수학마녀에 관한 비밀을 폭로했다. 근거는 빈약한데 주장은 강했다. 사립학교 재단에 뇌물을 주고 교사로 취업한 기사를 소개한 뒤 수학마녀 실력을 봤을 때 수학마녀도 뇌물을 주고 교사가 됐을 거라고 주장한다든가, 팔뚝에 붙인 밴드를 근거로 가정 내 불화가 심하고, 돈만 아니면 남편과 이혼했을 거라고 주장하는 식이었다. 나는 그런 주장을 속으로는 전혀 믿지 않았다. 그러나 단체대화방에서 문자를 주고받을 때도, 애들과 이야기를 나눌 때도 마치 진실인 양 전제하고 이야기를 했다. 그러고 나면 답답한 속이 시원해졌고, 수학 수업에서 수학마녀에게 받은 고통도 조금은 아물었다. 아픔이 완전히 가시진 않았지만.

나는 못 하는데 앞장서서 수학마녀를 까 주는 김진태에게 조금은 고마움을 느꼈다. 그렇지만 현실에서는 절대 그런 말을 하지 않았으며, 할 수 있는 한 김진태를 최대한 멀리했다. 많이 줄기는 했지만 김진태가 벌이는 관종짓은 여전했고, 그런 관종짓은 볼 때마다 역겨웠다. 그

수상한 유튜버, 호기심을 팝니다

러면서도 김진태가 수학마녀를 헐뜯는 영상은 꼭 찾아봤다. 마치 마약 같았다. 싫은데 어쩔 수 없이 찾게 되는 마약.

그런데 어느 날부터 수학마녀뿐 아니라, 2학년 1반을 비난하는 영상이 올라왔다. 지난 1학기 체육대회 축구경기에서 비겁하게 승리했다는 비난이었다. 그 사건은 나도 기억이 난다. 우리 반은 박준형이 있어서 축구 우승후보였다. 상금도 많이 걸려서 다들 열심히 준비했다. 1반은 축구 실력이 별로였는데, 처음부터 끝까지 수비만 하는 전략으로 결승까지 올라갔다. 4강 대결에서 우리 반은 1반에게 승부차기 끝에 패했고, 다들 1반이 비겁한 전략을 썼다며 화를 냈다. 그 뒤로는 바로 옆에 붙어 있음에도 한동안 1반과 사이가 안 좋았다. 물론 시간이 흐르면서 그런 악감정은 흐지부지 사라졌는데, 1학기 때 있지도 않던 김진태가 그 악감정을 되살린 것이다. 그 뒤로도 김진태는 1반을 헐뜯는 영상을 지속해서 올렸다. 나는 그 영상에는 흥미가 없었다. 수학마녀를 까는 영상이 점점 드물어져서 아쉬울 뿐이었다. 그래서 김진태가 예전에 올린 영상을 보며 혼자 즐겼다. 예전처럼 시원하지는 않았지만 그래도 갈증은 조금 가셨다. 오아시스가 아니라 간신히 마시는 한 모금 물이긴 했지만.

그런데 나와 달리 다른 애들은 사라졌던 악감정을 되살리며 1반을 다시 욕했다. 1반에 관한 안 좋은 소문도 자꾸 돌았다. 좋지 않은 분위기였다. 내가 가장 싫어하는 학교 분위기였다. 이런 소문은 까딱 잘못하면 거센 폭풍으로 번지기 십상이다. 김진태는 수학마녀만 까면 되지, 왜 애꿎은 1반을 물고 늘어지는지 모르겠다. 애들이 나누는 대화에 관종이란 단어가 갑자기 늘었다. 김진태가 좋아할 만한 일이었다. 관종한테는 반가운 선물이었다. 나에겐 무서운 현상이었고.

'관종이 어제는 뭐라고 했는 줄 알아?'

'어제, 관종이 이렇게 말했어.'

'관종이 진짜 웃기긴 해. 그치?'

나는 그런 말들에 귀를 닫았다. 괜히 휘말리고 싶지 않았다. 같이 다니는 애들이 그런 이야기를 해도 나는 되도록 끼어들지 않았고, 웬만하면 화제를 돌리려고 했다. 그러면서 속으로 빌었다. 혹시라도 이 폭풍이 나를 건드리는 일이 없기를. 제발 나를 빗겨 가기를.

＊＊＊

체육 수업 때 츄크볼을 격렬하게 했다. 팽팽한 승부여서 끝까지 지치지 않고 달려들어 경기를 했다. 잡생각을 떨쳐 버리고 땀을 흠뻑 흘리니 무척 상쾌했다. 경기에서 기운을 다 소진해 버렸는지 쉬는 시간에 급격히 피곤해졌다. 날씨는 따뜻하고, 기운은 빠지고, 피곤이 몰려오니 갑자기 졸음이 쏟아졌다. 웬만해서는 쉬는 시간에 잠을 안 자는데 피곤해서 어쩔 수 없이 책상에 기댔다. 깜빡 잠이 들었을까.

"이진아!"

누가 나를 불렀다.

꿈이겠지.

"이진아, 일어나!"

또 누가 나를 불렀다.

꿈이 아닌가?

"이진아, 일어나라니까. 수학 시간이야."

누가 내 몸을 흔들었다. 수학 시간이라고? 화들짝 놀랐다. 재빨리
일어났다.

"일어났냐?"

박준형이었다.

네가 왜?

"이미 종 쳤는데 한영자 선생님이 안 와서 다행이지, 아니면 큰일 날
뻔했어."

정신이 번쩍 들었다.

"고마워."

"괜찮아. 체육 시간 후유증까지 책임지는 게 체육부장이니까."

그러고는 박준형은 자기 자리로 돌아갔다. 후유증이라니……. 핏!

박준형이 앉은 뒤 곧바로 수학마녀가 들어왔다. 또다시 찍히는 일을
박준형 덕분에 면했다. 또 찍혔으면 못 견뎠을 텐데. 고마워, 박준형!

그날따라 수학마녀는 나를 한 번도 괴롭히지 않았다. 모처럼 수학
수업이 무사히 지나갔다. 그게 다 박준형 덕인 듯해서 박준형에게 더
고마웠다. 그래서 박준형한테 고맙다고 말하려고 박준형 자리로 가려

는데 신보라가 팔뚝을 잡더니 나를 잡아끌었다. 왜 그러냐고 물었지만 신보라는 아무 말도 않고 나를 구석진 곳으로 끌고 갔다. 예전에 진하영이 나를 끌고 가서 임현석이 찍은 영상을 보여 주던 바로 그곳이었다. 별로 기억이 좋지 않은 곳인데…….

"너, 꼬리 칠래?"

다짜고짜 신보라가 나를 몰아붙였다.

"뭔 소리야? 꼬리를 치다니?"

"너 준형이한테 꼬리쳤잖아."

신보라가 박준형을 좋아한다는 건 알고 있었다. 운동도 잘 못하면서 체육부 차장에 지원한 까닭도 박준형 때문이었다. 아마 자기가 좋아하는 남자애가 나에게 잘해 주니 질투가 난 모양이었다. 나는 박준형에게 아무런 감정이 없으며 내가 수학 수업을 앞두고 일어나지 않으니 박준형이 걱정이 돼서 깨워 주었을 뿐이라고 있는 그대로 말했다. 나는 순진했다. 솔직하게 말하면 믿어줄 줄 알았으니까.

"그게 말이 돼? 네가 꼬리를 안 쳤으면 준형이가 왜 너를 깨워 줘?"

신보라는 내 말을 곧이곧대로 받아들이지 않았다. 나는 '체육 시간 후유증까지 책임지는 게 체육부장'이라고 한 말을 전했다. 그렇게 말하면 납득할 줄 알았다. 그러나 신보라는 막무가내였다. 내가 꼬리를 치지 않았으면 박준형이 그럴 리 없다면서 계속 나를 몰아붙였다. 뭐라고 해도 멈출 기세가 안 보였다. 신보라에게서 수학마녀가 겹쳐 떠올랐다. 억지로 트집을 잡아, 상대를 낙인찍고, 괴롭히는 짓이 똑같았다. 짜증이 치민다! 화가 난다! 네까짓 게 뭐라고.

'남자들이 널 뭐라고 하는지 알아? 구미호래. 구미호!'

'너야말로 박준형에게 꼬리치고 다니잖아.'

'박준형을 어떻게든 꼬시려고 발버둥치는데 안 되니 미치겠지?'

마음 같아서는 이러고 싶었다.

그렇지만 나는 끝까지 화내지 않았다. 나는 약하다. 화를 내고 뒷감당할 자신이 없다. 참아야 한다. 참을 수밖에 없다.

학교에 다니면서 단 한 번도 싫은 소리를 안 하고, 애들과 다투지 않던 나였다. 갈등을 피하기 위해 무진장 애를 쓰며 살았다. 그러기 위해 강한 절제력을 길러 왔고, 그 순간에도 절제력을 끝까지 발휘했다. 그러면서 시간이 조금 지나면 오해를 풀 수 있으리라 생각했다. 지금 당장은 신보라가 화가 나지만 곧 내가 말한 사실을 있는 그대로 받아들이리라 믿었다. 신보라가 박준형과 가까워지도록 돕겠다고 제안하면 좋겠다는 생각도 했다. 나는 끝까지 순진했다. 아니 멍청했다고 해야겠지?

내 기대와 달리 신보라는 시간이 지나도 전혀 바뀌지 않았다. 도리어 친구들에게 내 험담을 몰래 하고 다녔다. 그렇지만 걱정은 안 했다. 애들이 신보라를 그리 신뢰하지 않았고, 무엇보다 신보라가 없어도 나는 하영이, 미주와 잘 지냈기 때문이다. 처음에 우리 셋이 같이 다니는 무리에 신보라가 짝수를 맞추자며 뒤늦게 들어왔기에 친밀감은 우리 셋이 훨씬 강했다. 내 예상대로 신보라가 떠벌리며 다닌 험담은 전혀 힘을 발휘하지 못했다. 신보라만 빠져나갔을 뿐 내 생활은 전혀 달라지지 않았다. 걱정을 많이 했는데, 천만다행이었다.

그런데 어느 날 아침, 갑자기 세상이 달라져 버렸다. 교실에 들어갔는데 남자애들 시선이 이상했다. 나를 보며 수군거렸다. 다는 아니지만 여자애들도 대부분 나를 이상하게 봤다. 복도에 나가면 다른 반 애들까지 나를 이상하게 봤다. 이유는 아무도 말해 주지 않았다. 너희들 도대체 왜 그러는데?

"애들이 나를 이상하게 봐."

나는 하는 수 없이 하영이에게 고민을 털어놨다.

하영이는 곤혹스러워하더니 힘겹게 말을 꺼냈다.

"네가 미주를 저격한 글 때문이야."

미주를 저격한 글이라니, 어처구니가 없었다. 나는 미주를 저격한 글을 그 어디에도 쓴 적이 없다. 친구인 미주를 내가 저격할 이유도 전혀 없었다. 지긋지긋한 헛소문!

"이 영상을 봐."

하영이가 내게 영상을 보여 줬다.

불길한 기분이 들었다. 김진태라니.

"여러분, 안타깝게도 우리 반에 분리수거도 안 될 쓰레기가 생겼습니다. 저도 이 글을 보고 정말 깜짝 놀랐는데요. 어떻게 가깝게 지내는 친구한테 이런 말을 할 수 있는지……. 쯧쯧쯧. 인성이 아무리 쓰레기라도 이러면 안 됩니다. 절대 이러면 안 됩니다. 누구인지 궁금하시죠? 쓰레기는 바로……."

김진태 입에서 내 이름이 나왔다. 그러고는 김진태는 나를 한참 욕했다. 무슨 근거로 나를 욕하는지 제시하지도 않고 내 인성을 쓰레기로 취급했다. 도대체 김진태가 나를 왜?

"구독자 여러분! 구독자 여러분 가운데는 제가 조금 심하지 않느냐고, 과하지 않느냐고 할지도 모르겠습니다. 그렇지만 증거를 보시면 제 말이 심하지 않다고 판단할 겁니다. 증거는 바로 이겁니다."

그러면서 내가 SNS에 쓴 글을 찍은 사진을 보여 주었다. 영상은 희미했지만 내가 어젯밤에 올린 사진과 글임을 알아보기는 어렵지 않았다. 사진은 얼추 보였지만 글은 흐릿해서 뭐라고 썼는지 보이지 않았다. 별 글이 아닌데.

"제가 글을 읽어드리겠습니다. 흠흠 '내일이 친구 생일이라……' 여기서 친구라 함은 사진으로 봤을 때 정미주네요. 흠흠흠 '내일이 친구 생일이라……' 자, 그 뒤에 '미치겠다'고 쓰여 있습니다. 와~! 내일이 친구 생일인데, 친구 사진을 올려놓고, 생인인데 미치겠다니요. 우리 반 쓰레기는 평소에 정미주와 아주 가깝게 지내는 친구 아니었나요? 그런데 어떻게 생일이어서 미치겠다고 할까요? 선물을 사기 아까운 걸까요? 생일을 축하해 주고 싶지 않은데 축하해야 하니 짜증 나는 걸까요? 아무리 그래도 그렇지 어떻게 그런 말을 대놓고 하다니……. 자! 여러분, 이 정도면 우리 반 쓰레기라고 인정할 만하죠?"

어처구니가 없는 정도가 아니라 혼이 빠져나가는 느낌이었다. 아니, 어떻게 저런 되지도 않는 거짓말을 막 늘어놓는단 말인가? 내가 미주 사진을 올려놓고, 글을 올린 것은 맞다. 그러나 내가 쓴 글은 김진태가 말한 내용과 전혀 다르다. 나는 미주를 저격한 글을 올리지 않았다. 저건 거짓이다. 거짓! 거짓! 거짓!

'내일이 친구 생일이라 밀린 숙제를 몰아서 해야 한다. 정말 미치겠다.'

이게 내가 쓴 글이었다. 미주 생일 선물은 이미 사 놓았다. 선물만 주기에는 아쉬워서 예쁘게 손편지를 꾸며서 주려고 준비를 했는데, 학원 숙제 때문에 꾸밀 시간이 모자랐다. 더 예쁘게 꾸며서 주고 싶은데, 시간이 모자라서 제대로 꾸미지 못하는 마음을 표현한 글이었다. 그런데 그 글을 저렇게 바꿔 버리다니, 가운데 대목은 쏙 빼고 앞뒤를 잘라 붙여서 완전히 다른 말로 만들어 버리다니.

도대체 김진태가 나한테 무슨 악감정이 있어서 이런 황당한 짓을 벌였을까? 김진태가 왜?

의심이 드는 사람이 떠올랐다. 신보라! 설마? 신보라가 김진태를 부추겨서?

아닐 거야. 아니겠지. 아니야, 그럴 만해.

나는 SNS 친구가 별로 없다. 내 글은 친구만 볼 수 있다. 신보라가 넘겨주지 않았다면 김진태는 절대 내 SNS를 볼 수 없었다. 나는 확신했다. 범인은 신보라! 너였어.

"너도 봤잖아. 그 글은 절대 그런 뜻이 아니었어."

하영이는 곤혹스러운 표정을 지었다.

"나는 알아. 그렇지만 애들은 그렇게 생각 안 해."

"내가 쓴 글을 직접 보여 줄게. 그러면 믿을 거야."

하영이는 고개를 절레절레 흔들었다.

"아니, 안 믿어. 네가 뒤늦게 고쳤다고 생각할 거야."

"고치면 고친 날짜와 시간이 나오잖아."

"그것도 조작이라고 할걸."

"말이 돼? 나는 그런 실력이 안 돼."

"사실은 중요하지 않아. 이미 믿고 있으니까."

하영이 말을 들을수록 절망감만 들었다.

"미주는? 미주는 믿을 거 아냐? 미주가 밝히면 되잖아."

이번에야말로 희망 어린 답변을 들을 줄 알았다.

"미주는 네가 정말 못된 의도로 그런 글을 올렸다고 의심하고 있어.”

“읽어 보면 알 거 아냐? 내가 손편지도 준비했는데…….”

“선입견이 생겨 버렸어. 내가 이미 미주와 얘기해 봤는데, 네가 꼴도 보기 싫다고 하더라.”

미주는 책을 거의 읽지 않는다. 글을 읽어도 본 뜻과 다르게 엉뚱하게 해석하는 경우도 많다. 심각하게 독해력이 모자라다. 그런 미주이니 내 글을 읽고 이상하게 받아들일 가능성은 분명히 있었다. 이해력이 딸리는 애랑은 가깝게 지내면 안 됐는데.

“아니야. 내가 말하면…….”

“소용없다니까.”

하영이가 단호하게 잘랐다.

“솔직히 말하면 나도 더는 너한테 이렇게 친절하게 대하기 힘들어.”

“왜? 너도 의심하는 거야?”

“아니!”

다행이었다.

“네 글은 네 뜻을 정확히 전달했어. 관종이 이상하게 비틀었을 뿐이지.”

“그래! 그래! 바로 그거야. 그런데 왜?”

“네가 아는지 모르는지 모르겠지만, 관종이 힘이 세졌어.”

“뭐?”

“한영자 쌤 까는 동영상을 올린 뒤로 인기가 점점 올라갔어. 1반을 전교 왕따 반으로 만들어 버리기도 했고. 너도 알다시피 관종이 영상에서 한 말이 유행어가 되기도 하잖아."

나도 대충 아는 이야기였다. 그렇지만 그게 내 일이랑 무슨 상관이란 말인가?

"이미 관종 말을 듣고 다들 너를 쓰레기라고 믿어 버리는 상황이야."

"진실을 알리면 되잖아. 진실을 알리면."

"한영자 쌤 까는 영상에도 진실은 없었어."

뒤통수를 한 대 크게 맞은 듯했다.

"너도 신나게 깠잖아. 진실이 아닌 줄 알면서도."

대꾸할 말이 없었다.

"아무리 진실을 말해도 믿지 않아. 알려고도 하지 않고."

팽팽하게 긴장했던 어깨에서 힘이 쑤우욱 빠져나갔다.

"내가 나섰다가는 나도 김진태한테 찍혀서 이상한 소문이 돌지도 몰라. 나는 그런 꼴을 당하기 싫어."

나는 나를 떠나가는 진하영을 붙잡지 않았다. 정미주를 설득하겠다는 의지도 사라졌다. 자업자득이었다. 자책감이 나를 짓눌렀다. 오랜 시간 걱정해 왔던 일이……. 결국, 내 삶에 찾아오고 말았다. 걱정은 마침내 현실이 되어 나를 방문했다. 내 손으로 불러들인 걱정이었다.

4
관종이 이렇게 말했대!

: 안재성 :

    우리 반은 한영자 선생님에게 첫날부터 찍혀서 툭하면 단체로 무시 당했고, 작은 실수로도 심하게 야단맞은 애들이 많았다. 그랬기에 관종이 한영자 선생님 비밀을 폭로하는 영상을 올리자 모두들 통쾌해하며 좋아했다. 임현석도 좋아하기는 했는데 우리와는 결이 달랐다. 우리는 관종이 폭로한 대상이 한영자 선생님인 게 중요했지만, 임현석은 한영자 선생님이 여자라는 걸 더 중요하게 여겼다. 우리가 관종이 올린 영상을 보고 '한영자 쌤은~', '수학마녀는~'이라고 할 때, 임현석은 '역시 여자는~', '여선생은~'이라고 했다.

    "여선생은 안 돼!"

    "여선생이라 그런지 비열해."

"역시 여자는 기생충처럼 남자 돈만 노려."

"역시 여선생은 실력은 없으면서 잘난 척이 심해."

임현석은 늘 여자를 비하하는 말을 달고 살기에 그러려니 했지만, 여자 선생님들을 싸잡아 비하하는 말은 몹시 거슬렸다. 나는 사회를 가르치는 최미경 선생님을 좋아하기 때문이다. 최미경 선생님이 하는 사회 수업은 참 재미있다. 최미경 선생님과 수업을 하면서 내 재능도 발견했다. 어쩌면 내 꿈이 생길지도 모른다는 희망도 생겼다. 최미경 선생님은 내 칭찬도 많이 해 주고, 내 능력을 발휘하는 수행과제를 일부러 내 주기도 했다. 내게 그런 선생님은 처음이었다.

그런데 임현석은 '여선생'을 싸잡아 비하했다. 임현석이 '여선생은~'이란 말을 할 때마다 최미경 선생님이 그 호칭에 포함된다는 사실에 기분이 나빴다.

"야, 그래도 최미경 선생님은 다르지 않냐?"

한번은 참다못해 지나가듯이 슬쩍 임현석에게 반박을 했다.

"극소수 예외는 늘 있으니까."

임현석이 여자를 대상으로 '예외'란 말을 쓴 것은 이선혜 외에는 처음이었다. 나는 임현석조차 최미경 선생님은 인정하는 듯해서 기분이 좋았다. 그러나 좋은 기분은 오래 가지 못했다.

"그렇지만 잘 가르치는 것과 인격은 다르지. 우리가 몰라서 그렇지, 분명히 뒤로는 호박씨를 깔 거야. 여선생이잖아. 여선생들은 다 그래. 앞에서만 고상한 척하고 뒤로는 다들."

몹시 불쾌했다. 내가 좋아하고 존경하는 최미경 선생님을 비하하다니, 한바탕 싸움이라도 벌이고 싶었다. 반박할 말은 무수히 떠올랐다. 내가 겪은 이상한 남자 선생들도 말해 주고 싶었다. 범죄는 남자들이 훨씬 많이 저지른다고 말해 주고 싶었다. 돈은 남자든 여자든 다들 밝히는 자본주의 시대 아니냐고 말해 주고 싶었다. 최미경 선생님에 대해 네가 뭘 안다고 함부로 단정을 내리냐고 말하고 싶었다. 하고 싶은 말이 무수히 많았다. 그러나 하지 않았다. 해 봤자 들을 임현석이 아니기 때문이다.

내가 하고 싶은 말은 이미 강정이나 다른 여자애들이 무수히 했지만 임현석은 듣는 척도 안 했다. 그런 논리로 공격을 당할 때마다 '극히 예외'란 말로 되받아쳤다. 임현석에게 '극히 예외'는 모든 공격을 되받아치는 만능 무기였다. 임현석은 '극히 예외'란 말을 못된 짓을 한 남자에게는 쓰면서 같은 짓을 저지른 여자를 변호하는 데는 쓰지 않았다. 여자가 착한 일을 하면 '극히 예외'라고 깎아내리면서, 남자가 좋은 일을 하면 '역시 남자는'이라고 치켜세웠다. 한 여자가 착한 일을 하면 극히 예외고, 한 여자가 나쁜 짓을 하면 모든 여자를 욕했다. 그 반면에 한 남자가 착한 일을 하면 모든 남자를 추어올렸고, 한 남자가 나쁜 짓을 하면 '극히 예외'로 변호했다. 왜 그렇게 편협하게 자기 멋대로 논리를 사용하는지 임현석은 단 한 번도 설명한 적이 없다. 자신이 그렇게 편협하게 논리를 사용한다는 사실을 인정한 적도 없다.

지난 번 이진아 영상 사건을 계기로 임현석을 멀리해야겠다고 마음

먹었는데, 그 결심이 더욱 확고해졌다. 한 순간에 임현석을 멀리하기는 어려워서 눈치채지 못하게 아주 조금씩 거리를 두었다. 전에는 틈만 나면 같이 다녔는데 이 핑계 저 핑계를 만들어서 임현석을 피했다. 아예 같이 안 다닐 수는 없었지만 사정이 허락하는 한 따로 움직였다.

비가 오는 날이었다. 비 때문에 운동장에도 나가지 못해서 친구들과 교실에서 게임 이야기를 나누고 있었다. 이용주가 새로운 게임을 했는데 한영자 선생님과 비슷한 캐릭터가 나왔다고 하는 바람에 대화에 신바람이 불던 참이었다. 임현석이 욕을 하면서 교실로 들어왔다. 임현석은 욕을 내뱉으며 자연스럽게 우리 쪽으로 왔다.

"아, 짜증나는 새끼."

임현석으로 인해 신나게 이어지던 게임 이야기가 뚝 끊겼다. 한참 재미난 상황을 마구잡이로 끊어 버리는 임현석이 거슬렸지만 드러내지는 않았다.

"왜? 누군데?"

"1반에 그 지구가 평평하다고 하는 새끼 있잖아."

"아, 지성규! 걔는 원래 이상하잖아. 그런데 왜?"

"지구가 평평하니 어쩌니 하면서 한 판 붙었겠지 뭐. 내가 뭐랬어, 걔는 또라이니까 그걸로 말씨름하지 말랬잖아."

"내가 돌았냐? 지구가 평평하니 뭐니로 그런 놈이랑 싸우게?"

"그럼 뭔데?"

"외계인이 우리를 실험체로 쓰고 있다잖아."

"걔가 그런 말도 종종 하잖아. 그런다고 싸우냐? 비웃어 주고 말지."

"내가 왜 싸워. 그냥 비꼬면서 비웃어 줬지."

"그럼 됐지 왜?"

"한참 놀려 주는데 갑자기 1반 반장 새끼가 외계인이 이미 우리 안에 있고, 인간은 나중에게 외계인에게 닭이나 돼지처럼 사육당할 거라는 거야."

"창현이 걔가 외계인 엄청 좋아하잖아."

이창현은 1반 반장이다.

"내가 비웃었더니, 그 새끼가 내가 알아듣지도 못하는 졸라 유식한 말을 써 가면서 나를 까대잖아. 공부 잘하는 놈이나 공부 못하는 놈이나, 1반 새끼들은 왜 한결같이 병신 같은 이상한 소리만 해대나 몰라."

"크크크, 1반에는 좀비에 홀딱 빠진 놈도 있잖아. 걔가 이름이……."

"성호, 최성호!"

"성호 걔가 맨날 좀비 떼가 곧 인류를 덮칠 거라면서 빨리 대비해야한다고 떠들고 다니잖아."

"하여튼 다 미친 새끼들이야. 1반은 왜 다 그 모양이냐? 지구 평평설에 외계인에 좀비에, 전에 체육대회 때도 비겁하게 굴고, 완전 쓰레기집합소야."

"야, 야, 아무리 화가 났어도 살살해라. 그러다 1반 전체가 너한테 달려들면 어쩌려고."

"다 오라 그래! 미친 새끼들. 외계인이든 좀비든 확 나타나서 1반 새끼들 싹 다 쓸어 가면 속이 시원할 텐데……."

임현석은 어떤 일이 있었는지 대충 전한 뒤에는 1반을 향한 욕을 거침없이 쏟아 냈다. 나는 듣기 귀찮아서 그 자리를 슬그머니 피해 버렸다.

그날 밤, 늘 한영자 선생님을 헐뜯는 영상을 올리던 김진태가 느닷없이 1반을 까는 영상을 올렸다. 첫 말부터 강렬했다.

"일반은 일본이다. 구독자 여러분, 이걸 명심하세요. 일반은 일본입니다."

그러면서 1학기 체육대회 축구경기에서 1반이 얼마나 비겁한 수를 썼는지 적나라하게 깠다. 김진태는 마치 자기가 겪은 일처럼 세세하게 그때 일을 묘사했다. 김진태는 2학기에 전학을 왔는데 마치 직접 겪은 듯했다.

"과거를 잊은 민족은 미래가 없다는 말 아십니까? 캬, 멋진 말이죠. 우리가 일본이 저지른 만행을 잊으면 안 되듯이, 일반이 저지른 짓을 우리가 잊으면 안 되겠죠? 다들 일반이 저지른 짓을 잊고 아무렇지 않게 지내는데 그러면 안 됩니다. 안 그렇습니까? 과거를 잊은 민족에게 미래는 없어요. 일반은 일본입니다. 구독자 여러분! 일반은 정의롭지 못한 짓을 저질렀어요. 정의? 중요하죠? 중요합니다. 우리는 정의로워야 합니다. 일본은 나쁜 짓을 했고, 일반은 정의롭지 못한 짓을 했습니다. 구독자 여러분, 일반은 일본! 일반은 일본! 아시겠죠? 다 같이 기억하세요. 일반은 일본이다."

아주 교묘한 선동이었다. 일반과 일본은 아무런 관련이 없지만 발음은 엇비슷해서 마치 둘 사이에 무슨 관련이라도 있는 듯했다. 과거를 잊은 민족은 미래가 없다는 말로 과거 1반이 저질렀던 짓을 잊지 말고 끝까지 분노해야 한다는 논리에 정합성은 없었지만, 깊이 따져 보지 않으면 그럴듯했다. 한영자 선생님에게 사용한 방식과 동일했다. 논리는 별로 없고 주장은 강렬했다. 무엇보다 김진태가 반복해서 말한 문장이 입에 착착 붙었다. 일반은 일본이다!

"관종이 그러잖아. 일반은 일본이라고. 어쩐지 그 새끼들."

그다음 날이 되자 임현석은 줄곧 그 말을 떠들면서 다녔다. 그런데 꼭 앞에 '관종이 그러잖아.'란 말을 덧붙였다. 자기 말이 아니고 관종이 한 말임을 강조하려는 의도였다. 비겁한 짓이었다. 자기는 그런 말을 한 적 없고, 관종이 한 말을 그냥 옮기기만 할 뿐이라는 것이었다. 나중에 혹시라도 문제가 되면 자신은 직접 안 했고, 관종이 그렇게 말할 걸 전했다고만 하면서 빠져나가려는 꼼수였다. 속이 훤히 보였다.

뻔한 짓이었는데도 몇몇 애들이 거기에 동조했다. 신규민, 이용주, 박상윤은 앞장서서 관종이 한 말을 옮기고 다녔고, 자연스럽게 1학기 축구경기가 다시 화제로 떠올랐다. 나도 그때 축구 선수로 뛰었기 때문에 패배 뒤에 찾아온 억울함은 누구 못지않았다. 나는 임현석 등이 무슨 의도로 저러는지 뻔히 알면서도 1반에 대한 화가 다시 치밀었고, 같이 1반을 욕했다.

저녁이 되자 김진태는 1반을 헐뜯는 영상을 새롭게 올렸다.

"일반은 일본이다. 구독자 여러분! 일반은 일본입니다. 제가 새로운 증거를 제시하겠습니다."

그러면서 김진태는 이상해 보이는 일본인들을 몇 명 소개했다. 자신을 괴물에게서 태어났다고 믿는 사람, 오줌을 약이라고 마시는 사람, 전생에 황제였다면서 자신이 일본을 다스려야 한다고 주장하는 사람 등 딱 보기에도 이상한 사람들을 열거했다.

"일반은 일본입니다. 자, 구독자 여러분! 여러분도 잘 알겠지만 1반에는 지구가 평평하다, 외계인이 인간을 실험 중이며 곧 외계인이 인간을 사육한다, 좀비떼가 나타나 인류가 멸망한다와 같은 어처구니없는 이야기를 진실처럼 말하는 황당한 인간들이 있습니다. 구독자 여러분은 누가 그러는지 다 아시죠? 자, 생각해 보세요. 일본과 일반이 뭔가 비슷해 보이지 않나요? 일반은 일본! 맞지 않나요?"

엉터리였다. 지구평평설 등을 믿는 사람은 세계 어느 나라에나 조금씩은 다 있다. 그걸로 그 나라 사람 전체를 이상하게 취급하거나, 단지 그런 사람이 속해 있다는 사실만으로 집단 전체를 이상하게 취급해서는 안 된다. 비약도 그런 엉터리 비약이 없다.

그러나 내 밑바탕에 깔려 있던 악감정은 정상 사고를 방해했다. 한영자 선생님을 비난할 때 움직였던 사고회로가 그대로 작동했다. 다른 애들도 마찬가지였다.

"야, 관종이 그러잖아. 일반은 일본이라고."

이 말이 점점 유행어처럼 퍼져 나갔고, 1학기 체육대회 끝나고 형성되었던 분위기가 더 강한 형태로 나타났다. 이미 1반과 사이가 틀어졌던 적이 있었기에 더 쉽게 불이 번졌다. 1반에게 패배했던 5반과 9반, 우리 반에서 1반을 향한 분노가 가장 먼저 일어났고, 아무 상관없는 다른 반 애들도 괜히 1반을 까는 데 동조했다. 모든 반 애들이 1반이 지나가면 수군거렸고, 1반과는 어울리려고 하지 않았으며, 1반 어떤 애가 작은 실수라도 하면 '관종이 그랬잖아. 일반은 일본이라고. 역시!' 하며 1반 전체를 싸잡아 비난했다.

임현석은 아주 즐거워했다.

"아주 바람직해."

임현석은 자신이 원하는 걸 다 이룬 사람처럼 보였다.

"관종 저거, 꽤 쓸만하단 말이야."

임현석이 혼자 중얼거리는 말을 듣고, 나는 사태가 대충 어떻게 진행됐는지 어림했다. 이선혜를 건드린 뒤로 김진태를 무척 싫어했던 임현석이었다. 임현석이 1반 몇 명과 대판 싸우고 돌아온 바로 그날, 김진태가 1반을 까는 영상을 올렸다. 영상에서 김진태는 자신은 절대 알 수도 없는 체육대회 이야기를 아주 자세히 언급했다. 누가 알려 주었나 했더니 임현석이었다.

마침내, 임현석은 자기가 가장 미워하는 적을 치는 데 김진태를 이용하기로 결심한 듯했다. 그 적은 모두가 알 듯이 강정아였다. 그러나 강정아는 함부로 건드리기에는 지나치게 셌다. 잘못 건드렸다가는 도리어 당한다. 임현석은 최종 적을 쓰러뜨리기에 앞서 먼저 이진아를 겨냥했다. 이진아는 임현석에게 처음으로 심한 굴욕을 안겨 준 사건 당사자이기 때문이다.

나만 아는 비밀을 털어놓자면, 이미 임현석은 이진아에게 복수를 한 번 했다. 임현석은 이진아가 해 온 숙제를 몰래 숨겨서 한영자 선생님에게 찍히도록 만들었다. 임현석이 이진아 숙제를 가방에서 빼내서 몰래 숨기는 모습을 바로 옆에서 내가 똑똑히 보았다. 그때 이진아는 한영자 선생님에게 된통 당했고, 그 뒤로 완전히 찍혀서 줄곧 괴롭힘을 당했다. 그 정도 했으면 보복은 충분한 듯한데, 임현석은 만족해하지 않았다.

임현석은 이진아에게 복수할 방법을 찾았다. 내 앞에서도 고민을 슬쩍 비추기도 했다. 나는 도와주지도 않았지만 말리지도 않았다. 점점 임현석을 멀리하려고 노력하던 중이었기에 괜히 얽히고 싶지 않았다. 임현석이 어떻게 했는지는 모르겠지만, 어느 날 갑자기 김진태가 이진아를 쓰레기로 비난하는 영상을 올렸다.

'내일이 친구 생일인데, 미치겠다.'

이진아가 친구 미주 생일을 하루 앞두고 SNS에 올린 저격글이라며 관종이 소개한 글이었다. 관종이 소개한 그 글이 진짜라면 이진아가 크게 잘못했다. 친구 생일이 아무리 싫다고 해도 그러면 안 된다. 물론 친구 생일에 비싼 선물을 사 주어야 하는 상황이라면 부담이 되어서 짜증이 날 수도 있다. 그렇다고 해도 저런 저격 글을 보란 듯이 쓰면 안 된다. 이진아도 겉보기와 달리 인간성이 별로인 듯했다.

김진태가 영상에서 까자 이진아는 삽시간에 왕따가 됐다. 같이 지내던 애들도 이진아를 멀리했다. 나야 어차피 그 전부터 이진아와 아는 척도 않고 지내던 사이였기에 아무런 관심을 두지 않았다.

5
왜 그냥 믿어 버렸을까?

: 박채원 :

전학생이 왔는데 김진태에 이어 또다시 관종이었다. 왜 우리 반에 오는 전학생은 다 엉망인지 모르겠다.

선생님이 인사를 시키자 처음 하는 말이 가관이었다.

"다들 고마워해. 나 덕분에 우리 반 잘생김 지수가 올라갔으니까."

꼭 오징어처럼 생겨 놓고 잘생겼다고 자랑을 하니, 대놓고 비웃어 주고 싶었지만 선생님 앞이라 참았다.

"반장, 책상 가져다 놨지?"

"네. 창가 뒤편에 놓았습니다."

아침에 반장이 박준형과 같이 가져온 책상과 의자가 바로 내 뒤에 있었다.

"종명이는 일단 저기 가서 앉아. 다음 달에는 자리 바꾸니까 그때까지 혼자라도 참고."

선생님이 부드럽게 말했다.

"네. 전 혼자서도 잘 지냅니다."

이종명이 말하는 꼴이 마치 '혼자서도 잘해요.' 하는 어린애 같았다. 그래 쭉 혼자 지내야 할 테니 혼자서도 잘해야지.

이종명은 거들먹거리며 내 뒷자리로 걸어왔다. 이종명은 징그럽게 웃으며 일일이 눈을 마주쳤다. 이종명 눈길이 내게 닿자 징그러운 오염물질이 내 가까이로 다가오는 듯해서 소름이 돋았다. 이종명은 가방을 휙 던져 놓더니 의자가 부서지도록 세차게 앉았다.

"새 친구가 왔으니 적응 잘하도록 도와주고."

나는 선생님 말을 잘 듣는 편이지만, 그 말만은 절대 따르고 싶지 않았다.

"자, 오늘도 후회 없이 지내도록."

선생님은 조회 때마다 늘 하는 말을 남기고는 교실을 나갔다.

선생님이 나가자마자 뒤에서 누가 내 머리카락을 건드렸다. 이종명이었다. 짜증이 났다. 나는 아무런 반응을 보이지 않았다.

"야!"

이종명이 불렀다.

나는 아는 척도 안 했다.

"야!"

그러고는 내 머리카락을 잡아당겼다.

"이 미친!"

나는 몸을 휙 돌려 이종명의 손을 냅다 쳐 버렸다.

"어디다 손을 대!"

화가 치밀어 소리를 질렀다.

"내 머리카락 건드리지 마!"

이럴 때 만만하게 보이면 안 된다. 처음에 만만하게 보이면 이런 녀석들은 괜히 집적거린다. 관종 때문에 성가신 일에 휘말리고 싶지 않았다.

"한 번만 더 내 머리카락 건드리면 성추행으로 신고해 버릴 거야. 건드리기만 해 봐."

내가 워낙 대차게 나갔기에 이종명은 동상처럼 굳어 버렸다.

"건드리지 마! 절대! 건드리지 말라고. 알았어?"

이종명은 입이 굳은 듯 아무 말도 안 했다.

"대답 안 해? 알았어, 몰랐어?"

"아, 아, 알았어."

"어디서 오징어 같은 게 와 가지고. 어휴, 짜증 나."

나는 있는 대로 성깔을 부린 뒤에 앞으로 몸을 돌렸다.

실컷 쏘아붙이긴 했지만 뒤에 징그러운 벌레 한 마리가 꿈틀 대는 것 같아서 온 신경이 곤두섰다. 나는 애써 감정을 가라앉히고 수업 준비를 했다.

뒤에서 의자 끄는 소리가 났다. 중얼거리는 소리도 들렸다. 듣기 싫었지만 귀에 들렸다. 노래였다. 그것도 요즘 가장 인기 있는 남자 아이돌 노래였다. 나도 좋아하는 노래인데, 이종명이 부르니 몹시 불쾌했다. 좋은 노래도 오징어가 부르니 거슬렸다. 그러거나 말거나 이종명은 조금씩 크게 노래를 부르더니 자리에서 일어나 춤 흉내까지 냈다. 다들 한심한 표정으로 그런 이종명을 쳐다보았다. 이미 김진태한테 질릴 만큼 질려서 다들 그러려니 했다.

"오, 신입! 춤 좀 추는데?"

김진태였다.

"내가 쫌 하지."

이종명이 거들먹거렸다.

"반가워. 나는 〈진태짱짱Tv〉를 운영하는 진태야, 김진태! 인기 유튜버지."

김진태는 의젓한 척하며 손을 내밀었다.

"유튜버? 풋!"

그러면서 이종명은 김진태가 내민 오른손 등을 왼손으로 소리 나게 쳤다.

"이게 내 인사야."

"어쭈! 튀는데."

"나는 언제나 튀지."

"튀다가 튀겨지기도 하지."

김진태가 이종명을 비꼬았다. 기분이 상한 듯했다.

"튀김은 맛있고."

이종명은 지지 않고 대꾸했다.

두 관종이 서로 우위에 서려고 기세 싸움을 하는 꼴이 시답지 않았다. 김진태는 이종명을 위아래로 훑어보다가 자기 자리로 돌아갔고, 이종명은 여전히 노래를 흥얼거리며 멋진 척 춤을 추었다.

종이 울렸다. 다들 조용히 자리에 앉았다. 수학마녀가 들어올 시간이었기에 다들 조심했다. 그러나 아무도 이종명에게 앉으란 말을 안 했다. 서로 약속은 안 했지만 생각이 모두 통했다.

"너, 뭐니?"

수학마녀는 들어오자마자 예상대로 고함을 쳤다.

"아, 아름다우신 선생님! 전 전학생입니다. 좋은 학교, 좋은 반에 온 기쁨을 표현하고 있었습니다."

그러면서 여전히 이종명은 몸을 흔들며 춤을 추는 척했다.

아름답다는 말에 수학마녀 입 꼬리가 살짝 올라갔다가 내려왔다. 아무리 아름답다는 말을 듣고 싶다고 해도 그렇지 저런 관종한테 들어도 기분이 좋을까?

"어서 앉아!"

수학마녀답지 않게 부드럽게 타일렀다.

"수업 종이 울렸으면 수업 준비를 해야지."

"네! 아름다우신 선생님."

이종명은 몸을 빙그르르 돌려 책상에 앉았다.

"선생님, 여기 앉으면 됩니까?"

수학마녀는 팔짱을 끼고 고개를 왼쪽으로 살짝 기울였다. 그러고는 차가운 눈으로 이종명을 지그시 보았다. 우리들이 가장 무서워하는 자세였다. 폭풍이 몰아치기 직전이었다.

"아, 의자에 앉아야죠. 죄송."

이종명은 몸을 다시 한 번 빙그르르 돌리더니 의자에 앉았다.

수학마녀가 수업에 들어갔고, 우리는 긴장한 채 꼬투리 하나 잡히지 않으려고 애썼다. 그런 자세로 수업 내내 버티기가 처음에는 힘들었지만 길들여지니 아무렇지 않았다. 그렇지만 내 뒤에 앉은 이종명은 버티지 못했다. 수업 내내 꿈틀거리고 어찌할 바를 몰랐다. 이종명이 보기에 움직임도 거의 없이 꼿꼿이 앉아 수업에 집중하는 (실은 집중하는 척하는) 풍경이 낯설 수밖에 없을 것이다. 툭하면 수학 시간에 관종짓을 하던 김진태조차 수학마녀를 까는 영상을 올린 뒤로는 수업 시간에 조용하게 지내니, 이종명만 적응이 안 된 상태였다.

"자 이거 풀어 볼 사람? 그래 숙제 안 해 오는 이진아가 한번 나와서 풀어 볼까?"

수학마녀는 이진아를 늘 저렇게 부른다. 도대체 왜 저러는지 모르겠다. 이진아는 반에서도 따돌림을 당해서 힘들게 보낸다. 친구인 미주를 저격하는 글만 안 올렸어도 수학마녀에게 희생당하는 순교자로 위로를 받으며 지냈을 텐데……. 워낙 비난받을 만한 짓을 했기에 나는 따돌리지는 않지만, 말을 섞지도 않았다.

"아름다우신 선생님!"

뒤에서 이종명은 손을 힘차게 휘저었다. 휘젓는 손이 내 머리에 닿을 듯했다. 몸을 책상 쪽으로 잡아당겼다.

"어, 그래, 왜?"

"저도 풀면 안 됩니까?"

이종명은 겁이 없었다. 다른 수학 선생님들처럼 문제만 풀고 들어가는 거라고 착각한 듯했다. 수학마녀에게 불려 나가 칠판에서 문제를 풀면 지독하게 괴롭힘을 당한다. 수학마녀는 답이 틀리면 틀리는 대로 구박하고, 맞아도 문제 푸는 방식 하나하나를 꼬치꼬치 캐묻는다. 조금이라도 미흡하게 설명하면 학원에서 선행한 대로 외워서 푼다면서 잔소리 폭탄을 터트린다. 이진아는 단련될 대로 단련이 돼서 웬만한 질문이 들어와도 술술 넘겼다. 하도 당하니 미리 수업 준비를 철저히 하는 듯했다. 과연 이종명은 어떨까?

흥미진진하게 이종명이 문제 푸는 모습을 기다렸다. 이종명은 거들먹거리며 앞으로 나가더니 칠판에 그려진 도형을 잠시 노려봤다. 그러고는 선을 쭉쭉 그었다. 뭔가 색다른 풀이법인 줄 알고 집중해서 보다가 '풋' 하고 웃을 뻔했다. 그림이었다. 이종명은 아무런 의미도 없는 그림을 도형 주위에 마구 그렸다.

이진아는 제대로 풀었다. 수학마녀는 여느 때와 달리 이진아에게 아무런 질문도 하지 않고 들어가라고 했다. 이종명은 이진아가 들어간 뒤에도 계속 그림을 그렸다. 웃긴 그림이었지만, 아무도 웃지 않았다. 이럴 때 웃으면 웃는 사람이 과녁이 된다. 수학마녀는 김진태가 수학 시간에 관종짓을 할 때 어떻게 다뤄야 하는지 이미 터득했다. 김진태를 나무라고 말려 봐야 소용이 없다. 김진태는 관심이 목마른 관종이고, 관종은 어떤 반응이든 자신에게 쏟아지면 좋아한다. 수학마녀는 바로 그 점을 노렸다. 김진태가 무슨 짓을 벌였을 때 반응을 보이면, 반응을 보인 사람을 공격했다. 야단도 심하게 치고, 방과후에 남아서 깜지를 10장 넘게 쓰고 가는 벌까지 주었다. 심지어 그런 일로 부모님에게 전화해서 수업 태도가 나쁘다고 고자질까지 했다. 수학마녀가 그리 나오자 아무도 김진태 관종짓에 반응을 안 하게 됐고, 의도했던 관심을 얻지 못하자 김진태도 관종짓을 멈출 수밖에 없었다. 이종명은 그런 사실을 전혀 몰랐다. 자신이 웃긴 그림을 그리면 다들 관심을 보이며 웃으리라 기대했을 테지만, 반응이 없자 당황한 듯했다. 선생님조차 아무렇지 않게 그냥 들어가라고 하고, 그림을 지워 버리니 더 어쩔 줄 몰라 했다. 걸을 때마다 춤을 추는 척하던 관종짓도 자기 자리로 돌아갈 때는 하지 않았다. 꽤나 충격이 큰 듯했다. 쌤통이었다!

수학 수업이 끝날 때까지 이종명은 뒤에서 계속 꿈틀거렸다. 마치 벌레 한 마리가 발버둥치는 기분이 들어서 신경이 곤두섰다. 쉬는 시간이 되자 벌레는 자리를 박차고 일어나 교실을 싸돌아다녔다. 여자들을 아무나 붙잡고 말을 걸었다. 다들 벌레 보듯이 이종명을 피했고, 혹시라도 몸을 건드리면 '성추행'으로 고발해 버리겠다고 협박했다. 다들 내가 처음 보여 준 표본을 그대로 따라했다. 쉬는 시간 내내 이종명은 퇴짜를 맞았고, 더는 여학생들에게 추근거리지 못했다. 2교시 사회 수업에서 이종명은 나와 같은 모둠이었는데, 되지도 않는 지식을 자랑하며 모둠을 주도하려고 했다. 나는 기회를 봐서 이종명을 지긋이 눌러 주었다. 지식도 얕으면서 아는 척하기에 어려운 용어를 써 가면서 설명을 하니 저절로 기가 죽었다. 2교시 쉬는 시간이 되자 이종명은 남자들 사이를 돌아다니며 아는 척하려고 했다. 임현석과 김의찬은 살짝 받아 줬지만 다들 무시해 버렸다. 의기소침해진 이종명은 과학 시간에는 조용히 누워서 잤다. 3교시 쉬는 시간이 되자 이종명은 드디어 교실 밖으로 나갔다. 쉬는 시간이 끝날 때까지 돌아오지 않았다.

점심시간이 되자 김진태가 맨 처음 그랬듯이 '급식 예찬'을 늘어놓았다. 우선급식 혜택을 누리는 나와 나은이, 권우현과 이태경을 앞질러 가려고 뜀박질까지 했다. 우리는 말리지 않았다. 급식실 앞에 가서 감독 선생님에게 크게 혼이나 나라고 내버려두었다. 예상대로 이종명은 감독 선생님에게 걸려서 실컷 혼이 났고, 급식이 끝나면 남아서 식탁 정리를 하라는 벌까지 받았다.

이종명은 우리가 맛있게 급식을 먹는 모습을 급식실 구석에서 지켜보아야 했다. 정해진 순서를 어긴 학생은 모든 학생들 급식이 다 끝난 뒤에 먹는다. 맛있는 급식을 앞에 놓고도 지켜보기만 해야 하니 벌도 그런 심한 벌이 없다. 그러고도 급식실 청소까지 해야 하니 한번 벌칙을 당하고 나면, 웬만해서는 빨리 먹기 위해 몰래 가지 않게 된다.

오후 쉬는 시간에도 이종명은 교실에 머물지 않고 계속 밖으로 돌았다. 밖에 나가서 뭘 하는지, 누구를 만나는지는 전혀 알지 못했다. 이종명은 수업 시간에 이따금 되지도 않는 관종짓을 했지만 아무도 관심을 보이지 않았다.

수업이 끝나고 친구들과 같이 학교를 나가면서 대화를 나누는데 화제는 단연 이종명이었다.

"임현석에 김진태에 이종명까지……. 우리 반이 쓰레기 집합소야 뭐야."

강정아가 투덜거렸다.

"1반도 이상한 남자애들 천지잖아."

"도긴개긴이지."

"어휴, 남자들은 다 왜 그 꼴인지."

"저기 1반 남자애들 간다. 어휴~~. 꼴 보기 싫어."

나는 이종명을 험담하는 대화에는 끼어들었지만, 남자들 전체를 싸잡아서 욕하는 대화에는 일부러 끼지 않았다. 1반에 이상한 애들 몇 명이 있는 것도 알고, 우리 반에도 이상한 애들이 있는 건 안다. 이종명이 자리를 옮겨 달라고 담임 선생님에게 부탁할 생각도 있다. 그렇지만 1반이든 우리 반이든 남자를 한 무리로 묶어서 싸잡아 깎아내리면 안 된다고 본다. 강정아와는 억지로 멀어지지 않기로 했다. 3학년이 되면 다른 반이 될 가능성이 높고, 그러면 자연스럽게 멀어질 테니.

"야, 저기 뭐야?"

나은이가 손가락을 쭉 뻗었다. 학교 밖 골목에 익숙한 두 사람이 보였다.

"뭔 일이지?"

이진아와 김진태였다.

"둘이 뭐 하는 거야?"

그때 이진아가 김진태 뺨을 세차게 때렸다.

김진태 뺨을 때리는 소리가 우리한테까지 들릴 정도였다.

"네가 산 위에 있다고 네가 산처럼 높은 사람인 줄 착각하지 마. 너도 언젠가는 산에서 내려오게 될 거야. 두고 봐. 네가 저지른 죗값을 너도 받게 될 테니. 내가 당한 만큼 너도 꼭 당하게 될 테니."

이진아는 강렬하게 쏘아붙이고 성큼성큼 걸어 나왔다.

이진아는 우리 앞으로 거리낌 없이 다가왔다. 그러더니 지나치려다 말고 멈춰 서서 우리를 향해 고개를 돌렸다.

"너희도 내 말 함부로 하고 다니지 마. 너희들이 내가 글 올리는 걸 직접 봤어? 봤냐고? 저 관종이 하는 말이 진짜라고 믿어? 너희들이 공부 잘하면 다야? 잘나가면 다냐고? 웃기지 마. 너희들 위선에 신물이 나니까."

이진아는 매섭게 우리를 몰아붙이고는 가 버렸다. 우리는 아무 말도 못 하고 사라지는 이진아 뒷모습만 멀뚱멀뚱 보았다.

내가 알던 이진아가 아니었다. 최유빈처럼 조용하지는 않지만 그렇다고 자기 생각을 적극 말하는 애도 아니었다. 있는 듯 없는 듯 친구들과 어울리고, 분위기 따라서 행동하는 애였다. 그러다 수학마녀와 김진태 때문에 힘들게 지내는 중이었다. 그 힘겨운 시련이 이진아를 탈바꿈시킨 듯했다.

이진아가 사라지자 그제야 우리는 입을 열었다.

"쟤 뭐야?"

"깜짝 놀랐잖아."

"아, 재수 없어. 위선이라니."

"친구 저격이나 한 주제에."

나는 아무 말도 안 했다. 이진아가 '직접 봤어?' 하며 묻는 질문이 충격으로 다가왔기 때문이다. 나는 자연과학부 소속이다. 과학으로 검증된 사실만 진실로 믿어야 한다고 배웠으며, 자연과학부에서 하는 공부는 실험과 탐구를 통한 검증이다. 그런데 나는 이진아란 한 사람에게 치명타가 될 만한 소문을 제대로 확인도 않고 믿어 버렸다. 그것도 신뢰감이라고는 0에 가까운 관종 김진태 말을, 그것도 남들이 전해주는 말만 듣고 판단해 버렸다. 내가 왜 사실을 확인하려고 안 했을까? 이진아 SNS에 가면 바로 볼 수 있는데 말이다.

나는 곧바로 스마트폰을 꺼내 이진아 SNS를 찾았다. 직접 친구는 아니어서 찾는 데 조금 애를 먹었지만 몇 분 만에 이진아 SNS를 찾아냈다. 이진아 SNS에는 김진태가 말한 사진과 글이 마지막으로 올라와 있었다. 그 뒤에는 전혀 올리지 않은 모양이었다. 나는 이진아가 올린 글을 읽었다.

수상한 유튜버, 호기심을 팝니다

"애들아, 이거 봤어?"

나는 이진아 SNS를 애들에게 보여 주었다.

'내일이 친구 생일이라 밀린 숙제를 몰아서 해야 한다. 정말 미치겠다.'

애들도 놀라는 표정이었다.

"이건 김진태가 한 말이랑 다르잖아."

"혹시 나중에 고친 거 아니야?"

"나은이 네가 보기엔 어때?"

임나은은 컴퓨터과학부다. 이런 쪽은 전문이다.

"잠깐만 볼게."

임나은이 이진아 SNS를 꼼꼼하게 살폈다. 그리고 김진태가 올린 동영상 날짜와 시간도 확인했다.

"아니야. 고치지 않았어. 이게 맞아. 김진태가 교묘하게 내용을 비틀어 버린 거야."

그 순간, 우리는 모두 다 플라스틱 인형이라도 된 듯이 굳어 버렸다.

진한 후회가 밀려들었다.

'귀찮더라도 사실인지 아닌지 확인만 하면 됐는데. 도대체 왜 안 했지? 그 관종을 맨날 욕하면서, 신뢰감도 없는 관종 말을 왜 그냥 믿어 버렸을까?'

6

관심은 움직이는 거야!

: 이태경 :

"뭐냐? 박채원! 이 늦은 시간에 나를 다 불러내고."

나가기 귀찮았지만 박채원이 하도 협박을 세게 해서 하는 수 없이 나갔다. 그런데 박채원이 있는 곳에는 이예나, 임나은, 유정린, 강정아도 같이 있었다.

"무슨 꿍꿍이냐?"

"잠깐 기다려. 사정은 자세히 얘기해 줄 테니."

의심스러웠지만 기다리라고 하니 기다렸다. 모이면 말이 끊이지 않는 여자애들이 모였는데도 숨소리밖에 나지 않았다. 심지어 아무도 스마트폰을 들여다보지 않았다. 조금 뒤 박준형과 반장인 김의찬이 들어왔다. 마지막에는 뜻밖에도 내 친구 우현이가 나타났다.

"야, 우현! 너까지? 진짜 뭐냐, 이거."

심상치 않은 분위기였다.

"너희들 도움이 필요해서."

"도움?"

"우리가 큰 실수를 했어. 그 실수를 되돌리고 싶어. 늦었지만."

"우리가 왜 그래야 하는데?"

내가 대들 듯이 물었다.

"너희는 괜찮은 남자들이니까."

머리를 한 대 크게 맞은 듯했다. 박채원이 처음으로 나를 인정해 준 것이다. 박채원이 나를 괜찮은 남자라고 인정해 주다니, 무슨 심각한 일이 있는 게 분명했다.

"도대체 무슨 일이야?"

우현이가 물었다.

박채원이 이진아 이야기를 했다. 내가 알던 사건이었다. 그러나 내용이 전혀 달랐다. 진실을 알고 나니 화가 났다. 김진태에게 화가 나지는 않았다. 어차피 김진태는 관종이고 무슨 짓이든 벌일 놈이었다. 내가 화가 난 까닭은 나 자신 때문이었다. 어처구니없이 속아 넘어간 내가 한심했다.

"여자들 일에는 끼어들고 싶지 않은데······."

김의찬이 옆에 앉은 우리를 힐끗 봤다.

"잘못을 알았으면 고쳐야지."

우현이가 아무렇지 않게 말했다.

"안 그래도 그동안 영 찝찝했어."

박준형도 나섰다.

"진태가 〈진태짱짱Tv〉인지 뭔지로 서로 이간질시키고, 별 이유도 없이 까는 꼴이 보기 싫었고."

"나도 한영자 쌤 까는 게 시원해서 열광했지만, 그 바람에 휘둘리고 말았어."

나는 솔직하게 내 부족함을 인정했다.

"좋아. 그럼 도와주는 거지?"

유정린이 환하게 웃으며 말했다.

"알았어."

김의찬도 동의하고 나섰다.

"우리가 어떻게 하면 돼?"

우현이가 물었다.

"여자들끼리 문제는 우리가 알아서 할 테니, 너희는 다른 남자들에게 진실을 알려 줘. 솔직히 남자애들이 우리가 말하면 잘 안 믿잖아."

강정아가 말했다. 강정아도 자기가 남자들 사이에서 어떻게 받아들여지는지 아는 모양이었다.

"너희는 애들이 신뢰하고, 영향력도 높으니 너희가 나서면 잘 믿어 줄 거야. 그래서 부탁하는 거고."

박채원이 이렇게까지 치켜세우니 무척 어색했다. 그래도 기분은 좋았다. 역시 상대가 누구든 인정을 받으면 뿌듯하다.

"알았어. 하는 데까지는 해 볼게. 그렇지만 임현석이나 김진태는 우리 말 안 들어. 신규민도 그렇고."

박준형이 걱정스럽게 말했다.

"그건 걱정 마. 내가 일진 친구들한테 부탁해서 말해 보고, 안 되면 힘으로 협박하라고 할 테니까. 그러면 최소한 더는 이진아를 괴롭히진 못할 거야."

이예나가 불끈 쥔 오른 주먹을 왼손으로 쓰다듬으며 말했다.

이예나는 학교에서 잘나가는 남자애들과 꽤나 친하다. 인맥이 워낙 넓어서 반마다 모르는 애들이 없다. 그래서 1반과 사이가 틀어졌을 때, 이예나가 가장 힘들어했다.

"고마워."

집에 가려는데 박채원이 내게 말했다. 박채원이 나에게 고맙다고 말하다니, 내일 지구가 갑자기 반대 방향으로 돌지는 않겠지? (해는 동쪽에서 뜨지 않는다. 지구가 돌아서 그렇게 착각할 뿐이다.)

"무슨……. 잘못했으면 바로잡아야지."

나는 우현이가 한 말을 살짝 비틀어 말하며 일부러 멋있는 척했다.

박채원이 빙그레 웃었다. 처음으로 박채원이 괜찮아 보였다. 아, 물론 절대 이성으로는 아니다. 그냥 인간으로 괜찮아 보인다는 말이다.

다음 날, 아침에 일어나 보니 반 단체대화방에 폭탄이 터져서 난리가 난 상태였다. 폭탄은 새벽에 던져졌는데, 어제 온 전학생인 이종명이 유튜브에 올린 영상이었다. 학교에 가려고 정신이 없는 와중에 영상을 봤는데 짜증이 확 치밀었다.

영상은 전에 김진태가 비싼 물건이라며 자랑하는 영상을 간단하게 요약하면서 출발했다.

"여러분, 혹시 〈진태짱짱Tv〉 운영자에게 놀라운 비밀이 있다는 사실을 알고 계십니까? 〈진태짱짱Tv〉 운영자는 여러분을 속였습니다."

이종명은 무슨 거대한 비밀이라도 폭로하는 듯 공포 영화에 나올 법한 음악을 배경으로 깔았다. 뒤이어 이종명이 카메라를 들고 김진태 뒤를 몰래 따라가는 영상이 나왔다. 김진태는 낡은 아파트로 들어갔다. 우리 학교에서 꽤 떨어진 아파트로 부자들이 사는 동네는 아니었다.

"놀랍지 않습니까? 그동안 〈진태짱짱Tv〉 운영자는 꽤나 부자인 척했습니다. 비싼 물건이라며 자랑도 많이 했습니다. 그런데 보십시오. 저 아파트에 사는 김진태가 부자로 보이십니까?"

이종명은 김진태가 사는 동네 아파트를 꼼꼼히 비추었다. 낡고 오래된 느낌이 물씬 풍기는 곳만 일부러 찍은 듯했다. 조금 뒤 영상은 이종

수상한 유튜버, 호기심을 팝니다

명 방으로 보이는 곳으로 바뀌었다.

"〈진태짱짱Tv〉 운영자는 자기 자신에 대해 거짓말을 했습니다."

이종명은 끝까지 김진태를 '〈진태짱짱Tv〉 운영자'로 지칭했다. 의도를 품고 일부러 택한 호칭이 분명했다.

"가난하면서 부자라고 자신을 속인 〈진태짱짱Tv〉 운영자, 과연 그런 사람이 진실을 말했을까요? 아닙니다. 하나를 알면 열을 안다는 속담도 있지요. 〈진태짱짱Tv〉 운영자는 거짓말쟁이입니다. 거짓말쟁이가 하는 말은 다 거짓말입니다."

이종명은 김진태가 툭하면 쓰는 방식을 그대로 사용하고 있었다. 작은 트집을 잡아서 모두를 부정해 버리는 논리 비약은 부메랑이 되어 김진태에게 그대로 날아갔다.

이종명은 김진태를 까는 말을 한참 늘어놓았다. 욕만 안 했을 뿐 인격 살인에 가까운 말들이었다. 그러고는 이렇게 선언했다.

"〈진태짱짱Tv〉 운영자, 너는 알아야 해. 너는 존재가 민폐야! 알았어? 민폐! 민폐!"

배가 뒤틀린 듯 불쾌한 선언이었다.

그러고는 이종명은 이렇게 덧붙이고는 영상을 끝냈다.

"아프로디테는 미의 여신, 아테나는 지혜의 여신, 그리고 너는 집안 망신! 학교 망신!"

반 단체대화방은 아침임에도 글들이 넘쳐났다. 유튜브 영상에도 무수히 많은 댓글이 달렸다. 우리 반뿐 아니라 다른 반 애들도 댓글을 많이 달았는데, 자세히 보니 1반 애들이 가장 많은 듯했다.

나는 단체대화방에도, 유튜브에도 아무런 댓글을 남기지 않았다. 또다시 미친 광기에 휩쓸리고 싶지 않았다. 아마 어젯밤에 박채원 등을 만나지 않았다면 휩쓸렸을지 모른다. 그렇지만 어제 만남으로 인해 냉정하게 상황을 판단할 거리 두기가 가능했다.

전학 온 첫날에 이종명은 김진태를 어떻게 알고 공격했을까? 어제 바로 김진태 정체를 파악하고, 영상을 확인하고, 몰래 뒤따라간 다음, 밤새 비난하는 영상을 만들어서 올리는 게 가능할까? 그럴 리 없다. 영상에서 다룬 내용은 어제 전학 온 이종명이 할 수 있는 수준이 아니다. 그렇다면 누군가 도와줬다는 뜻이다. 누가 도와줬을까? 우리 반에서는 그걸 알려 줄 만한 애는 없어 보였다.

그렇다면 다른 반이고, 가능성이 가장 높은 배후조종자는 바로 1반이었다. 그동안 1반 애들은 김진태에게 이를 갈았다. 그렇지만 직접 복수를 했다가는 학교폭력에 걸려들 위험이 있고, 워낙 다른 반들이 거세게 1반을 몰아붙여서 별다른 반격을 못 했다. 이종명이라는 새로운 관종이 나타나자, 1반 애들은 그동안 이를 악물고 준비했던 공격을 한 것이다. 직접 하면 나중에 문제될 수도 있으니 관심을 끌고 싶어서 안달 난 이종명을 한눈에 알아보고 이용한 것이다.

아침 교실은 단체대화방만큼 들끓었다. 복도를 지나가는 다른 애들조차 김진태를 한 번씩 들여다보고 갔다. 다들 영상에서 본 이야기를 김진태가 들으라고 대놓고 떠들어 댔다. 그동안 혹시라도 김진태가 영상으로 깔까 봐 눈치 보느라 억눌렸던 감정을 마구잡이로 폭발시켰다. 김진태는 고개도 못 들었다. '가난'은 김진태에게 치명타를 가했고, 공격자들에게는 아주 훌륭한 무기였다.

임현석과 신규민은 "야, 민폐.", "어이, 망신!" 하는 말을 하루 내내 입에 달고 살았다. 쉬는 시간에는 1반 애들이 복도로 몰려와서 '민폐', '망신', '가난뱅이' 따위 낱말을 쏟아 내고 갔다. 무시무시한 광기였다.

하루 내내 반이 어수선해서 어제 한 약속을 실행할 틈이 없었다. 방과후, 박채원을 비롯한 여자애들이 이진아와 함께 교문을 나서는 모습이 보였다. 나와 우현이는 거리를 두고 따라갔다. 여자애들은 다 같이 분식집으로 들어갔다. 분식집 창밖에서 우현이와 나란히 서서 분식집 안을 지켜보았다. 여자애들은 이진아를 사이에 두고 진지하게 이야기를 나누었다. 처음에는 이진아 표정이 어두웠는데 점점 밝아졌고, 나중에는 활짝 웃기까지 했다. 이진아 웃음과 때맞춰 떡볶이, 라면, 순대 등이 나왔고 그때 박채원과 눈이 마주쳤다. 박채원이 입으로 뭐라고 했다. 가라고 하는 건지, 고마워라고 하는 건지, 들어오라고 하는 건지 알 수가 없었다. 우현이가 내 손을 잡아끌어서 나는 혀로 메롱을 해주고 손을 흔들며 사라졌다. 하루 내내 이종명과 김진태 때문에 찜찜했는데, 이진아와 여자애들이 문제를 잘 해결하는 모습을 보니 기분이 좋아졌다.

그날 밤 또다시 이종명이 김진태를 공격하는 영상이 올라왔다. 더 매서웠다. 반 단체대화방과 유튜브 영상 댓글은 뜨겁다 못해 폭발할 지경이었다. 확실히 영상은 이종명이 혼자서 만들 수준이 아니었다. 편집이야 혼자 했는지 모르겠지만, 영상에서 다루는 내용은 김진태를 처음부터 끝까지 모조리 알고 있는 사람이 배후에 있음을 증명했다.

나는 혹시나 하는 마음으로 〈진태짱짱Tv〉를 방문했다. 예상대로 김진태가 이종명을 공격하는 영상도 있었다. 그러지만 아무런 호응이 없었다. 비난 댓글조차 달리지 않았다. 조회수는 한 자릿수밖에 되지 않았다. 관심은 삽시간에 새로운 관종인 이종명에게로 넘어가 버렸다.

수학 시간이었다. 한영자 선생님이 무서워서 다들 바른 자세로 수업을 들었다. 찍히지 않으려고 긴장한 채 칠판에 집중하는데, 갑자기 김진태가 일어나서 교탁 쪽으로 성큼성큼 걸어갔다.

"김진태, 뭐 하니? 자리로 돌아가."

한영자 선생은 늘 그렇듯이 차갑게 말하고, 김진태를 무시한 채 수업을 이어갔다. 우리도 김진태에게 관심을 전혀 두지 않았다. 관심을 안 두면 제풀에 지쳐 관종짓을 그만둔다는 걸 알기 때문이다.

그런데 갑자기 김진태가 품에서 뭔가를 꺼냈다.

'뭐지?'

관심을 안 두려다가 손에 든 물건을 보고 화들짝 놀랐다.

칼이었다.

김진태는 "악!" 소리를 지르더니 칼로 손목을 그어 버렸다.

교실은 순식간에 아수라장이 되었다.

한영자 선생님은 혼비백산했고, 주변에 있던 애들은 책상과 함께 넘어졌다.

"죽어 버릴 거야."

김진태가 소리를 지르며 다시 칼로 손목을 그으려고 했다.

그때 박준형이 빠르게 달려와 김진태가 쥔 칼을 걷어차고, 팔을 비틀어서 바닥에 쓰러뜨렸다.

"야, 누가 지혈 좀 해."

박준형이 소리를 질렀다.

이예나가 가방 속에서 체육복을 꺼내더니 피가 나오는 김진태 팔목을 꽉 눌렀다.

"선생님! 빨리 보건 선생님을 불러 주세요. 빨리요."

이예나가 소리를 질렀고, 한영자 선생님은 파래진 얼굴로 전화를 걸었다. 박준형에게 제압당한 김진태는 발버둥을 치며 울부짖었다. 보건 선생님이 올 때까지 교실은 김진태가 토해 내는 울부짖음만 가득했다. 복도는 구경꾼들로 인산인해를 이루었다.

＊＊＊

학교에서 사건을 조사했다.

김진태는 자신이 왜 수업 시간에 자해를 시도했는지 한마디도 하지 않았다.

이종명은 자신이 올린 영상을 재빨리 지워 버렸다.

우리 반 단체대화방은 모두 빠져나가면서 폐쇄되었다.

〈진태짱짱Tv〉는 사라지고 없었다. 영상도 보이지 않았다.

결국 자해 사건은 김진태 개인 문제로 결론이 났다.

선생님들이 김진태가 평소에 이상한 짓을 많이 했다고, 앞다투어 진술한 영향이 컸다.

학생들 가운데 진실을 말하고 나서는 이는 아무도 없었다. 학생들은 약속이나 한 듯이 입을 꾹 다물었다.

김진태는 다시는 학교에 오지 않았다.

먼 학교로 전학을 갔다는 말도 있고, 학교를 아예 그만두었다는 소문도 돌았지만 진실을 확인할 방법은 없었다.

언제 그랬냐는 듯이 우리는 1반과 화해했다.

이진아는 박채원 무리와 같이 다녔다.

이진아가 박채원, 이예나 등과 함께 다니니 다른 여자애들이 이진아를 대하는 태도가 바로 바뀌었다.

나와 우현이, 박준형과 김의찬은 박채원 등과 한 약속을 지켰다. 남자들은 김진태가 거짓말했다는 사실을 알고 이진아에 대한 오해를 풀었다. 임현석도 순순히 이진아가 잘못이 없음을 받아들였다.

이종명은 여전히 관종짓을 했지만 아무도 관심을 주지 않았다.

다들 모른 척했다.

혐오를 일삼는 자들

_시우

혐오를 일삼는 자들은
정의를 앞세워
차별과 배제를 주장하고,
두려움을 앞세워
타인을 악마로 낙인찍는다.

혐오를 일삼는 자들은
적대감만 부추길 뿐
문제해결에는 관심이 없고,
문제를 해결할 능력도 없다.

혐오를 일삼는 자들은
자기들의 무능력을 감추기 위해
혐오해도 괜찮은 만만한 대상을
끝없이 찾아다닌다.

혐오를 일삼는 자들에게 휩쓸리면
분노는 끝없이 솟구치고
평화는 영원히 멀어진다.

수상한 유투버, 호기심을 팝니다